CLÁSICOS
A MEDIDA

Mitos griegos

Adaptación de Toni Llacay
Ilustraciones de Andrea de Castro

ANAYA

Para la explotación en el aula de esta adaptación de *Mitos griegos,* existe un material con sugerencias didácticas y actividades que está a disposición del profesorado en www.anayainfantilyjuvenil.com

Valentín Beato, 21. 28037 Madrid

Diseño: Javier Serrano y Miguel Ángel Pacheco
Director editorial: Pablo Cruz
Edición: Rocío Alarcos
Asistente editorial: Mercedes González Grande

Primera edición, febrero 2025

PAPEL DE FIBRA CERTIFICADA

ISBN: 978-84-143-4259-6
Depósito legal: M-25632-2024
Impreso en España - *Printed in Spain*

ÍNDICE

Introducción

INTRODUCCIÓN

Mitología clásica

La mitología clásica, la de los griegos y los romanos, es una de las bases de nuestra cultura. No podríamos entender la pintura, la literatura y algunas series y películas sin tener unos mínimos conocimientos de los mitos grecolatinos.

La mayoría hemos visto algún cómic o película de Los Vengadores, con el Capitán América, Thor, Iron Man y Hulk entre otros protagonistas. Es decir, una reunión de grandes héroes siempre dispuestos a combatir por lo que ellos consideran el bien, aunque no siempre lo consigan. Los griegos ya tenían a sus propios «vengadores», los conocidos como los argonautas: Jasón, Hércules, Orfeo, Pólux, Cástor e incluso una heroína como Atalanta capitaneaban este equipo. No tenían una nave espacial para desplazarse, pero sí el más veloz y magnífico de los barcos, el Argos.

Cuando en el siglo XXI leemos los mitos clásicos lo hacemos como si fueran simples narraciones, que nos pueden gustar más o menos, pero no somos conscientes de lo que suponían para la gente de la época en que fueron escritos y de los siglos inmediatamente posteriores.

Modelo de conducta

Las vidas y aventuras de los héroes exponían el modelo de conducta a seguir por los habitantes de las diferentes ciudades helenas. En este sentido, Hércules es el gran ejemplo: es hijo del divino Zeus, no existe ningún mortal que le haga sombra en lo que a fuerza se refiere y, sin embargo, acepta llevar a término los trabajos que le impone un mediocre como su primo Euristeo. La capacidad de sacrificio y de cumplir con las obligaciones que se nos han impuesto, por muy duras que sean, eran valores muy apreciados en aquella época, y la figura de Hércules los ejemplifica como nadie.

Por otro lado, la fuerza bruta, encarnada también en Hércules, fue un bien muy estimado durante siglos. Aun así, con el paso de los siglos, fue dejando paso a otra capacidad o aptitud, la inteligencia o astucia, que tomará cuerpo en un héroe posterior a él, Ulises. Los enfrentamientos y las batallas ya no los vencerán los más fuertes, sino los más astutos. Quién no recuerda la historia del caballo de Troya…

Otro elemento de los mitos que nos cuesta entender en la actualidad es el de la participación constante de los dioses en los asuntos humanos. Los héroes, y la gente del pueblo, no podían hacer nada sin el beneplácito de las divinidades. Ganarse la enemistad de un dios comportaba un sufrimiento seguro, si no la muerte. Con frecuencia, los humanos son simples peones en un tablero en el que las deidades deciden las jugadas. Y ya se sabe que, en ocasiones, hace falta sacrificar un peón para ganar la partida...

Ulises podría dar fe de lo que supone ponerse en contra un dios, y más si tienes que volver a casa en barco y la deidad en cuestión es Poseidón, el dios de las aguas. Un trayecto que en la actualidad puede hacerse en transbordador y autobús en menos de un día, le supuso diez años de aventuras. No es de extrañar que se diga que lo importante es el viaje y no el destino... Otro que también sufrió la ira divina fue, de nuevo, Hércules, a quien su madrastra, Hera, la esposa de Zeus, no le perdonó que fuera fruto de otro desliz del rey del Olimpo y se lo hizo pagar durante años.

En la mitología, las acciones humanas siempre necesitan de la inspiración o de la aprobación de los dioses. Nada puede suceder sin su consentimiento, o las repercusiones no se harán esperar. El titán Prometeo intentó ayudar a los humanos en contra de la voluntad de Zeus y su condena fue implacable: durante siglos, un águila le fue comiendo el hígado, que se iba regenerando para hacer todavía más grande su sufrimiento.

En ocasiones, las voluntades de dos o más dioses se oponían y las cosas se complicaban. La guerra de Troya es un buen ejemplo de ello. Es verdad que por un lado luchan los helenos y por otro los troyanos, pero también es cierto que los dioses se posicionan a favor de uno u otro bando: Atenea, Poseidón, Hermes y Hera por el de los griegos; Apolo, Afrodita, Artemisa y Ares por el troyano. Es decir, la guerra no la vencen o pierden los humanos, sino que lo hacen las divinidades, y los humanos son peones en un tablero, como hemos dicho anteriormente. Las sociedades que dan a luz a estas historias mitológicas otorgan aún un poder muy grande a la religión y a las divinidades. La consulta de los oráculos y los sacrificios a los dioses son actividades de vital importancia para los griegos.

Esto nos lleva a preguntarnos cómo son los dioses y cómo se comportan. La respuesta es sencilla: son y actúan como los humanos, pero a lo grande. Se muestran con las virtudes y los vicios de las personas, pero a una escala más exagerada. ¿Nosotros nos enamoramos apasionadamente? Pues ellos más. ¿En ocasiones los ataques de ira no nos permiten tomar decisiones acertadas? Lo mismo que les pasas a ellos, pero en su caso las consecuencias son de más alto riesgo. ¿Tenemos preferencias por algunas personas mientras que otras nos caen peor? Que se lo digan a Hera, Poseidón y Atenea con Hércules y Ulises. ¿Que se nos cae la baba por las gracias de nuestros niños? Nadie ha necesitado un babero más grande que Zeus al enterarse de las heroicidades de su querido hijo Hércules.

La sociedad

Los mitos son un recurso para conocer la sociedad que los originó. Nos transmiten su manera de ser, de actuar y de pensar. Fijémonos en unos cuantos aspectos.

El papel reservado a las mujeres en los mitos es un reflejo de cómo debía ser su vida en la época. La cultura helénica es extremadamente machista y el papel de las mujeres se circunscribe al hogar y al ámbito familiar, y poco más. Podríamos decir que era una cultura misógina, con honrosas excepciones. Y a pesar de ello, algunos personajes mitológicos femeninos tienen un papel de gran relevancia. Atenea es la diosa de la guerra y de la inteligencia y siempre suele conseguir lo que se propone. ¿Quién ganará la guerra de Troya? Pues sus protegidos, los griegos. ¿Quién se convertirá en la divinidad patrona de la ciudad de Atenas? Poseidón lo intentará, pero los atenienses la elegirán a ella. ¿Por qué acabó regresando sano y salvo Ulises a Ítaca? Porque al final ella se acabó saliendo con la suya. Pero hay más casos: Atalanta fue una cazadora y una atleta a la altura de los mejores hombres; la argucia utilizada por Penélope para retrasar la elección de con qué pretendiente casarse es digna del mismo Ulises, su marido; y el pueblo de las amazonas, mujeres guerreras que no se someten a los hombres, siempre será admirado y temido por los héroes griegos.

Aun así, es verdad que la función de la mujer en la mayoría de relatos mitológicos se reduce al de objeto del deseo masculino y al de esposas fieles. Zeus dejará una larga descendencia fruto de sus romances. Nunca se explicita si las muchachas consienten o no en tener relaciones con él. No parece una cuestión importante. Lo habitual es que sea el padre de las chicas quien haga todo lo posible para evitar que mantengan relaciones sexuales, pero contra el rey de los dioses no hay mucho que hacer...

Si situamos estos mitos en el contexto actual, personajes como Zeus, Apolo, Hades o Poseidón serían claramente cuestionados por sus actitudes, especialmente en episodios como la persecución de Apolo a la ninfa Dafne, que ejemplifica situaciones de abuso de poder y falta de respeto al consentimiento. Estos mitos nos invitan a reflexionar sobre los valores y normas sociales y su evolución a lo largo del tiempo.

Es verdad que también existen algunos mitos en que el amor es correspondido y vence todas las adversidades. La relación de Eros y Psique y la de Orfeo y Eurídice son buenos ejemplos de ello. De alguna manera, se corresponderían con lo que entendemos como amor romántico.

El papel de la mujer como fiel esposa consagrada a las tareas del hogar y al bienestar familiar encuentra en Penélope el prototipo perfecto: veinte años sin saber nada de su marido, los pretendientes entrando y saliendo sin parar de su casa, y en ningún momento se le pasará por la cabeza tener un romance con alguno de ellos. Agamenón no tendrá la misma suerte que Ulises: cuando regresa a su hogar, tras vencer en la guerra de Troya, se encuentra con que su mujer se ha unido a otro hombre, y lo primero que hará la pareja será planear su muerte. Otra cuestión que es remarcable de los mitos clásicos es su extensión geográfica. No se limitan solo a Grecia y a las colonias que fundaron en el Mediterráneo, sino que se extienden desde la península ibérica hasta Asia Menor. El mundo conocido por los antiguos griegos se va expandiendo y una lectura atenta de sus relatos mitológicos así lo demuestra. Grecia pertenece a Occidente, pero no deja de mirar a Oriente, del que le separa solo el mar Egeo. Es una consecuencia de su dedicación al comercio y a la navegación, y a los reiterados intentos de algunas civilizaciones orientales por incorporar Grecia a su imperio. En la actualidad sabemos que muchos de los mitos griegos se inspiraron en otros originarios de Oriente.

Otro aspecto a destacar de la mitología clásica es su tratamiento de las relaciones sexuales. En la mayoría de ocasiones, las relaciones son heterosexuales, pero no son extraños los casos de homosexualidad o de bisexualidad: Zeus mantendrá relaciones, por ejemplo, con Ganímedes, Apolo con otros muchachos, y siempre ha quedado la sospecha de las relaciones de Aquiles con Patroclo. La cultura griega era bastante abierta en este sentido. Incluso aparece un personaje, Hermafrodito, con los atributos de los dos sexos.

Otro aspecto sorprendente de la mitología helena es el uso de una imaginación desbordante para crear seres monstruosos: las Gorgonas, los cíclopes, el Minotauro, los centauros, el Cancerbero, los dragones y un sinfín de criaturas terroríficas.

Cuanto más exageradamente terrible sea su adversario, mayor será el mérito de dioses y héroes al vencerlos. Hércules los iba exterminando como quien va de compras: hoy me pido dos y mañana tres...

Nuestra edición

¿Por qué hablamos de mitos clásicos y hasta ahora solo nos hemos referido a los mitos griegos? Los romanos acogerán la mitología griega y la harán suya, pero no fue un simple cambio de nombres, aunque en ocasiones lo parezca: Zeus se convertirá en Júpiter, Hades en Plutón, Poseidón en Neptuno, Atenea en Minerva, y así con muchos más. Los latinos tenían sus propios mitos y lo que hicieron fue asimilar los suyos a los helenos y de este modo ampliaron y adaptaron a sus necesidades la mitología clásica. A pesar de todo, la base de la mitología clásica son las leyendas griegas.

En esta edición hemos primado siempre el nombre de origen griego al romano, menos en dos casos: los de Hércules y Ulises, que hemos preferido a los de Heracles y Odiseo, ya que son menos conocidos.

Esperamos, lector, que las leyendas de los héroes y dioses que se narran en este libro te transporten a un mundo imaginario lleno de aventuras y hazañas que, aunque fueron escritas en tiempos lejanos, resuenan aún en nuestro interior.

Mitos griegos

Zeus, el rey del Olimpo

Zeus era el rey de los dioses del Olimpo[1] y el más poderoso de todos. Divinidad de la luz, del rayo y del cielo. Para explicar sus orígenes debemos remontarnos a los inicios del universo.

En un principio solo existía el Caos. Gea, la madre Tierra, surgió del Caos y engendró a Urano, el Cielo. Como no había mucho más donde elegir, Urano y Gea se unieron y tuvieron una larga descendencia: titanes, cíclopes y hecatonquiros. Los titanes eran divinidades de tamaño descomunal anteriores a los dioses del Olimpo; los cíclopes eran gigantes con un solo ojo en el centro de la frente, y los hecatonquiros eran unos gigantes con cien brazos y cincuenta cabezas. Ya fuera por el aspecto o porque no confiaba en ellos, Urano obligaba a Gea a esconder a sus hijos en el lugar más oscuro de

[1] El monte Olimpo es la montaña más alta de Grecia (2917 m), situado en la región de Tesalia. Se consideraba que en su cumbre vivían los principales dioses del panteón griego (Zeus, Hera, Poseidón, Afrodita, Ares, Atenea, Hermes, Apolo, Artemisa, Hefesto, Deméter y Hestia).

su vientre al nacer. Gea, como madre, no soportaba esta costumbre de su marido e instigó a sus descendientes a rebelarse. Solo uno aceptó el reto: Cronos, el más pequeño de todos. Con una hoz[2] que le había dado su madre le cortó por la noche los atributos sexuales a su propio padre. Al caer estos sobre el mar engendraron a la diosa Afrodita. De esta manera, Cronos se convirtió en el nuevo rey de las deidades. Se casó con su hermana Rea, una titánide, y tuvieron una larga descendencia. Como los padres de Cronos le habían predicho a este que sería destronado por uno de sus hijos, se iba zampando a sus retoños al poco de nacer. Cuando ya llevaba unos cuantos, Rea decidió actuar y planificó una artimaña: huyó con una excusa a Creta cuando estaba a punto de nacer su nuevo hijo, Zeus, y cuando regresó envolvió una piedra en pañales y se la dio a Cronos. Este se creyó que era su nueva criatura y se la zampó sin sospechar nada.

Zeus creció escondido en Creta. Cuando fue mayor, hizo que su padre tomara una droga que le había dado la titánide Metis. La sustancia le hizo vomitar y volvieron a ver la luz todos los hermanos de Zeus engullidos: Hestia, Deméter, Hera, Hades y Poseidón. Juntos, y liderados por Zeus, se enfrentaron a Cronos y a los titanes. Por consejo de Gea, su nieto más pequeño se fue al Tártaro para liberar a los cíclopes y los hecatonquiros, que Cronos había recluido en él. Agradecidos por su nueva libertad, le dieron a Zeus el rayo y el trueno, a Hades un casco que hacía invisible a quien lo llevara, y a Poseidón un tridente capaz de sacudir la tierra y los mares. Finalmente vencieron los nuevos dioses. Como estos instalaron su morada en el monte Olimpo, esta generación de divinidades es conocida como los dioses del Olimpo. Los tres hermanos varones se repartieron el universo a suertes. A Zeus le tocó el cielo,

[2] *Hoz:* instrumento para segar mieses y hierbas, con mango de madera y hoja curva.

a Poseidón los mares y a Hades el mundo subterráneo. La tierra quedó como un campo neutral.

A pesar de su victoria, los enfrentamientos no habían terminado. La diosa Gea no soportaba que sus hijos los titanes estuvieran todavía encerrados en el Tártaro, por eso convenció a los gigantes para luchar contra Zeus y sus aliados y conseguir su liberación.

Los gigantes surgieron de las gotas de sangre que se derramaron cuando Cronos mutiló a su padre. Su aspecto era aterrador y su fuerza descomunal. Aunque su origen era divino, eran mortales. Había una hierba mágica que era capaz de curarlos de las heridas, pero Zeus, que era conocedor de ello, la recogió toda antes de entrar en conflicto. Los gigantes amontonaron montañas una encima de la otra para llegar hasta el Olimpo. Tras una ardua batalla, conocida como Gigantomaquia, fueron repelidos. Zeus y su hija Atenea fueron los líderes de su bando, si bien todos los dioses participaron activamente.

La lucha más encarnizada en la que tomó parte Zeus fue la que le enfrentó a Tifón, el hijo menor de Gea y Tártaro, el dios de la parte más oscura del inframundo. Tifón era el más grande en tamaño y el más fuerte de todos los hijos de Gea. Era más alto que cualquier montaña y, en ocasiones, su cabeza rozaba el cielo. Cuando alargaba los brazos, uno llegaba a oriente y el otro a occidente. La mitad inferior de su cuerpo estaba rodeada de víboras y gracias a un par de alas podía volar. Para acabar de hacerlo más terrible, de sus ojos emanaban llamas de fuego.

Con este aspecto no es extraño que cuando los dioses lo vieron llegar al Olimpo, la mayoría se fueran a un lugar tan lejano como Egipto, ocultándose en el desierto. Atenea, diosa de la guerra, fue la única que se mantuvo fiel al lado de Zeus, su padre.

El rey de los dioses lanzó una batería de sus rayos contra Tifón, y cuando este se acercó lucharon cuerpo a cuerpo. El enfrentamiento estaba muy igualado, pero Zeus cogió su hoz de acero y lo hirió. El monstruo huyó a su guarida subterránea.

Zeus persiguió al hijo de Gea hasta su morada creyendo que solo era cuestión de rematarlo. El monstruo estaba herido superficialmente y pudo responder al ataque de la divinidad de forma contundente. Lo inmovilizó con las serpientes que se arremolinaban en la mitad inferior de su cuerpo, le arrebató la hoz y le cortó los tendones de los brazos y de las piernas. Después lo cargó sobre sus hombros y se lo llevó, indefenso, hasta la región de Cilicia, donde lo dejó encerrado en una cueva. Los tendones los ocultó en una piel de oso y se los dejó a la dragona Delfine para que los custodiara.

Hermes, el dios mensajero, y su hijo Pan acudieron en ayuda de Zeus. Robaron los tendones sin que Delfine se diera cuenta y se los volvieron a colocar en su lugar. El rey del Olimpo recuperó sus fuerzas de inmediato. Cogió su carro alado y se dirigió al cielo para seguir el combate. Con sus rayos consiguió ahuyentar al monstruo, quien se dirigió hacia el monte Nisa, donde, según una leyenda, crecían unos frutos mágicos que acrecentaban la fuerza de quien los comía. Zeus salió en su persecución y lo alcanzó en Tracia, antes de que hubiera llegado a su objetivo. El monstruo le arrojó montañas para ganar tiempo, pero el dios las desintegraba con sus rayos. Tifón siguió huyendo, pero al llegar a Sicilia, Zeus cogió el monte Etna, se lo lanzó encima y lo aplastó. Las llamas del volcán Etna son los restos de los rayos con los que el rey de los dioses lo exterminó.

Tras esta gran victoria, su poder era incuestionable. A partir de entonces, solo tendría que intervenir para impartir justicia entre dioses, entre humanos y entre divinidades y personas. Y dedicarse a su actividad preferida: sus amoríos. La mayoría con mujeres, pero también algunos con hombres. Como es el caso del idilio que vivió con Ganímedes, el copero.

Afrodita, la diosa del amor, y sus amores

Afrodita era la diosa del amor, aunque su nacimiento no fue precisamente por amor. Su historia empieza con la relación entre dos divinidades primordiales, es decir, de los inicios de los tiempos. Su padre era Urano, el dios del cielo, y su madre Gea, la divinidad de la Tierra.

Urano era una deidad cruel y obligaba a su esposa a mantener prisioneros a los hijos de ambos, los titanes, dentro de su vientre. De esta manera creía que podría dominarlos y que nunca se rebelarían contra él. Gea sufría por ellos y deseaba poner fin a este maltrato. No quería traer más hijos al mundo si tenían que sufrir de ese modo. Por este motivo, les pidió auxilio. Todos se negaron menos el más pequeño, Cronos, la divinidad del tiempo. Armado con una hoz que le había dado su progenitora, le preparó una emboscada a su padre y le cortó los testículos.

Al caer los órganos sexuales al mar engendraron a la diosa Afrodita, cuyo nombre significa «nacida de la espuma». Surgió del agua con cuerpo de mujer y montada en una concha marina gigante fue llevada por los céfiros, los vientos del oeste, a la isla griega de Citera. Después la condujeron a Chipre, donde las Horas, divinidades de las estaciones del año, la vistieron y acicalaron para conducirla después a la morada de los dioses, donde fue recibida como una de las doce divinidades principales del Olimpo.

Era tan bella que muchos dioses y humanos estaban deseosos de unirse en matrimonio con ella. Zeus resolvió que lo mejor era que se casase con Hefesto, la divinidad del fuego y de la forja, quien no destacaba por su belleza física y era cojo. Con esta decisión creía que zanjaría el tema de los pretendientes y complacería al dios herrero, quien se merecía tener un poco más de suerte de la que había tenido hasta el momento. Aún recordaba cómo al nacer del vientre de Hera, su propia madre lo vio tan deforme que lo arrojó del Olimpo.

No fue la elección que hubiera preferido Afrodita, pero, como no tenía problemas en conseguir amantes, tampoco le dio demasiada importancia. Su romance más sonado fue con Ares, el dios de la guerra. Se veían algunas noches y su pasión desenfrenada hacía el resto. No se ocultaban demasiado, lo que provocó que Helios los sorprendiera en una ocasión. El dios Sol informó a Hefesto de lo que había visto. Este se encerró en su taller y preparó una trampa para que todo el mundo supiera lo que sucedía: una red de caza de bronce tan fina que más bien parecía una telaraña, pero que a la vez tenía una resistencia fuera de lo habitual. La ató a los laterales de su cama matrimonial.

Cuando Afrodita volvió al Olimpo de uno de sus viajes para inculcar pasión y amor entre los humanos, se encontró con Hefesto, quien le dijo que quería tomarse unas pequeñas vacaciones en la isla de Lemnos. Afrodita vio la oportunidad de quedar una noche más con Ares y le hizo avisar.

El dios de la guerra y la diosa del amor disfrutaron de una larga noche de pasión. A la mañana siguiente la pareja se despertó atrapada bajo la red que había fabricado el marido de Afrodita. Intentaron romperla, pero sin éxito. Hefesto, que no se había ido, llamó a todos los dioses para que constataran el comportamiento indecente de su mujer y de su amante. Algunas divinidades se tomaron el asunto de manera jocosa.

Zeus ordenó a Hefesto que los liberase e hizo prometer a Ares y Afrodita que no volverían a verse más. La diosa, avergonzada, se refugió en Chipre durante un tiempo. De la relación entre ambos nacieron varios hijos, de los cuales el más famoso de todos fue Eros.

Una vez retornada al Olimpo, Afrodita agradeció a Hermes el interés que había mostrado por ella pasando una noche juntos. De esa relación nació Hermafrodito, una persona con la cabeza, los pechos y el cuerpo de mujer y las partes sexuales de hombre. Su nombre es una mezcla de sus progenitores.

Las muestras de gratitud de Afrodita por la intervención de Poseidón dieron lugar a dos hijos en común. En otra ocasión mantuvo relaciones con Dioniso, el dios de la fiesta y el vino. De esta unión nació Príapo, un niño feo con un falo enorme.

Zeus, harto de que Afrodita jugara con las pasiones de las divinidades, decidió dar un escarmiento a la diosa y provocó que se enamorara apasionadamente de un mortal. El elegido fue Anquises, un héroe troyano. El apuesto pastor habitaba en el monte Ida. Mientras dormía una noche en su cabaña, Afrodita entró disfrazada de princesa y se acostó con él. Al amanecer le contó quién era realmente ella. Anquises se mostró violentado por esta revelación, pero la diosa lo calmó y le aseguró que el hijo que tendrían sería famoso. Lo que no le dijo es que se llamaría Eneas y que tendría un papel importante en la futura guerra de Troya. Antes de partir, le pidió que mantuviera en secreto lo que había sucedido entre ellos.

Durante un tiempo guardó en secreto su relación, cumpliendo su promesa. Sin embargo, en un banquete con sus amigos, uno de ellos le hizo una pregunta traviesa que desencadenó consecuencias fatales para Anquises:

—Siempre estás hablando de tus amoríos con muchachas. ¿No preferirías acostarte antes con Afrodita que con cualquier mujer mortal?

—Pues no. Después de mis experiencias en ambos casos, debo decir que no.

Se hizo el silencio en la sala. Los compañeros no sabían si lo decía de verdad o era simple fanfarronería. Zeus, que había escuchado las presuntuosas palabras del joven, decidió que ningún humano dejaría en ridículo a un dios y envió uno de sus rayos para terminar con la vida del muchacho. Afrodita repelió el relámpago y salvó su vida. No obstante, el resplandor del rayo lo dejó ciego para siempre.

Las andanzas de Afrodita eran muchas y variadas. En otra ocasión, la esposa de Cíniras, el monarca de Chipre, se jactó de que su hija Esmirna era incluso más bella que Afrodita. La venganza de la diosa no se hizo esperar. Utilizó sus artes para que Esmirna se enamorara de su padre y se acostara con él. Antes procuró que Cíniras bebiera unas cuantas copas de vino para conseguir que se le nublara la cabeza y no fuera del todo consciente de lo que hacía.

Con el paso de las semanas, el rey acabó sabiendo que era el padre y, a la vez, el abuelo del crío que estaba esperando Esmirna. Cogió su espada y persiguió a su hija con la intención de matarla. Cuando la había atrapado en lo alto de una colina y Esmirna ya no podía escapar a su funesto destino, intervino Afrodita y la convirtió en un árbol de mirra. El monarca partió en dos el árbol y de su interior surgió un crío, Adonis.

La diosa encerró al crío en un cofre y se lo envió a Perséfone, la esposa de Hades. Esta, cuando vio al bebé, se encariñó de él y se lo llevó a su palacio. El niño creció y se convirtió en un joven de extraordinaria belleza. La noticia llegó a oídos de Afrodita, y sin pensárselo fue a ver a Perséfone con la intencion de llevarse al joven con ella. No fue del todo bien recibida.

—Divina Perséfone, he venido a llevarme conmigo al apuesto Adonis. No creo que el inframundo sea el lugar más adecuado para su belleza.

—¿Cómo te atreves, Afrodita? ¿No sabes que lo he criado yo como un hijo?

—¿Solo como un hijo? Me han llegado rumores que dicen que vuestra relación va más allá. —La insinuación de Afrodita era maliciosa, pero no errónea.

—Vendrá ahora la diosa del amor a explicarme qué está bien y qué no... Recuerdo una escena en el Olimpo que fue el hazmerreír de todas las divinidades. —El tono de la conversación iba subiendo y todo hacía presagiar que no acabaría bien.

—No querrás que le explique a tu marido Hades tu aventura con Adonis. ¿O sí? —La tensión se palpaba en el ambiente.

Las dos deidades se miraron a los ojos amenazadoramente y gritaron al unísono:

—¡Zeus!

El rey de los dioses dio un respingo en su trono celestial. Una vez más le pedían que mediara en una disputa entre dioses... ¡Estaba harto! Como ya había aprendido de experiencias anteriores, argumentó que él no estaba para dirimir disputas tan vulgares y las envió a un tribunal presidido por la musa Calíope. Las musas eran las divinidades que inspiraban algunas artes.

El veredicto de Calíope sentenció que ambas tenían el mismo derecho a reclamar al joven, por lo que podrían estar el mismo espacio de tiempo con él. Sin embargo, también reconoció que Adonis debía disponer de un período temporal para descansar de las obligaciones amorosas que le imponían las dos diosas. Por así decirlo, de unas vacaciones. De este modo, cuatro meses los pasaría con Afrodita, otros cuatro con Perséfone y los restantes con quien él quisiera.

Afrodita no tuvo suficiente con lo acordado y se las ingenió para que Adonis estuviera con ella los meses de descanso. Cuando Perséfone se enteró, fue a ver a Ares, dios de la guerra y antiguo amante de Afrodita, para que la ayudara, pues era su protector y anteriormente siempre la había auxiliado. La indignación de Ares fue mayúscula:

—¿Dices que está locamente enamorada de Adonis? ¿De un simple mortal? No me lo puedo creer. No te preocupes, Perséfone, voy a poner fin a este romance.

Los celos llevaron al dios de la guerra a convertirse en un jabalí y a perseguir a Adonis por el monte hasta clavarle los colmillos y matarlo. Ahora le tocaría estar todo el año en el mundo de los muertos, con Perséfone.

La diosa del amor pidió, entre sollozos, comprensión a Zeus y este se ablandó: decidió que Adonis permanecería con Perséfone en el Hades durante los meses de otoño e invierno y el resto del año podría subir al mundo terrenal, con Afrodita.

Atenea, la diosa nacida de un varón

Atenea era la diosa de la sabiduría y de la guerra. Su padre, Zeus, era el rey de todos los dioses del Olimpo y el más fuerte de los dioses. Pero a pesar de su poder y de su prestigio, las cosas no siempre eran fáciles para las divinidades, como podría confirmar el mismo Zeus.

La primera esposa de Zeus, Metis, era una titánide, una diosa anterior a los dioses olímpicos. Cuando se quedó embarazada, Zeus fue informado de una profecía según la cual tendría primero una hija, que destacaría por su sabiduría, pero después nacería un niño que lo destronaría y gobernaría el mundo.

La revelación no hizo mucha gracia a Zeus y decidió que lo mejor sería comerse a su mujer y evitar así el nacimiento de sus hijos.

Todo iba bien hasta que a Zeus empezó a dolerle la cabeza. Cada vez de forma más insoportable. Harto de tanto sufrimiento, le pidió a Hefesto, el dios herrero, que le partiera la cabeza de un hachazo. De su cráneo salió una joven armada con una lanza en una mano y un escudo en la otra, era Atenea. Y así nació, por primera vez, una mujer de un hombre.

Atenea, como diosa guerrera, ayudaba a los más notables héroes griegos en sus hazañas. Hércules, Ulises y Menelao fueron algunos de los que contaron con su protección. Sin embargo, también era la diosa de la sabiduría y quiso ejercer como protectora de la ciudad de Atenas, la cuna de los más excelentes filósofos y sabios. Para lograrlo tuvo que disputárselo a Poseidón, la poderosa divinidad de los mares.

Los habitantes de Atenas debían elegir al patrón de su ciudad. Poseidón y Atenea se propusieron como candidatos. Para ganarse el favor de los atenienses, el dios marino dio un golpe al suelo con su tridente e hizo aparecer un magnífico lago salado. Por su parte, la diosa hizo que brotara un olivo de grandes dimensiones, con cuyas aceitunas se produciría un excelente aceite de oliva. Por unanimidad los atenienses escogieron a Atenea como protectora de Atenas.

El rapto de Perséfone, o el origen de las cuatro estaciones

Perséfone era la diosa de la vegetación e hija de Zeus y Deméter, la divinidad de la agricultura. Un día, Hades, el dios del infierno, observó a su sobrina —él y el rey de los dioses del Olimpo eran hermanos— y se enamoró apasionadamente de ella. Sin mediar palabra, la raptó mientras cogía flores acompañada de unas ninfas.

Su madre, que sospechaba que algo le había sucedido, la buscó por todas partes sin éxito. Su obsesión llegó a tal punto que dejó de lado sus ocupaciones, la principal de las cuales consistía en el cultivo de las tierras. Su inactividad puso en peligro a los habitantes del planeta, pues la tierra no producía suficientes alimentos para abastecer a todos.

Cuando se enteró de que estaba con Hades en el inframundo y que la había hecho su esposa, fue a reclamar a Zeus el retorno de su amada hija. Él la calmó asegurándole que hablaría con su hermano y que pronto volvería a verla. El resultado de su mediación no fue del todo el deseado. Hades tenía un as en la manga.

—Bienvenido, hermano. ¿Qué te trae a mi reino?

—Querido Hades, tengo entendido que has raptado a mi hija, Perséfone. ¿Es así?

—Sí. No he hecho nada que tú no hayas hecho multitud de veces. Y yo la he hecho mi mujer y la reina de mi mundo.

—Ya, pero su madre insiste en que debe volver con ella —dijo Zeus.

—Pues no es posible…

—¿Por qué?

—La joven no ha respetado el ayuno obligado que todos deben cumplir mientras se encuentran en el mundo de los muertos. Hasta ahora se ha comido seis granos de granada, suficientes como para tenerla siempre conmigo.

—Sabes que esto me pone en un compromiso. Debemos hallar una solución que complazca a todos. —En algunas ocasiones, tenía que echar mano de sus capacidades negociadoras. Aunque fuera el rey de los dioses del Olimpo, Hades era su hermano y casi tan poderoso como él.

Hades sentía curiosidad por ver por dónde le saldría Zeus. Cuando quería, era muy ingenioso.

—Dices que ha ingerido solo seis granos de una granada. ¿Qué te parece si por cada grano que ha comido hasta ahora permanece un mes del año en tu reino? Es decir, medio año contigo y medio año en el mundo exterior, con su madre.

—Zeus, ¡Perséfone es mi mujer! Me pides que esté la mitad de cada año sin ella… No creo que pueda soportarlo.

El rey del Olimpo empezó a sulfurarse y una llamarada empezó a envolverle. Hades entendió que lo mejor era aceptar su propuesta y así lo hizo.

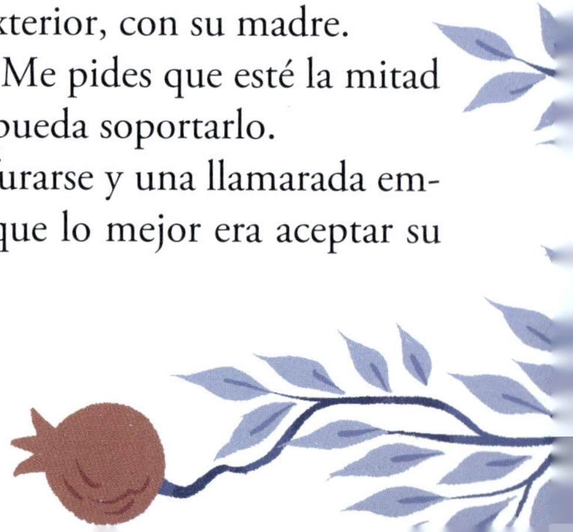

Como resultado de este pacto fraternal, Perséfone pasaría seis meses con Deméter, durante los cuales esta estaría tan feliz que las plantas y los árboles no pararían de florecer, dando lugar a las estaciones del año conocidas como primavera y verano. Cuando Perséfone volviera a reunirse con su esposo, el mundo se sumiría en el frío y la oscuridad y ni plantas ni árboles florecerían. Sería el momento de las estaciones de otoño e invierno.

Prometeo, defensor de la humanidad

Prometeo era un titán, el más inteligente de todos ellos. Estos seres gigantescos eran dioses que no habitaban en el Olimpo. Zeus, el rey de las divinidades olímpicas, era primo de Prometeo, pues Cronos, padre de Zeus, era hermano de Jápeto, padre de Prometeo.

Prometeo creó con arcilla los primeros hombres, mientras que la diosa Atenea les insufló la vida. Su amor y preocupación por los humanos le ganaron la enemistad de su poderoso primo.

En una ocasión, durante un sacrificio solemne a los dioses, hizo dos partes con el cuerpo de un buey: en una colocó la carne y las entrañas, y las recubrió con el vientre del animal; en la otra puso los huesos y, para que parecieran una ofrenda más vistosa, los recubrió con grasa blanca. Después pidió a Zeus que eligiese primero su parte, pues el resto sería para los humanos. Tras pensárselo un rato, Zeus decidió quedarse con la parte más llamativa. Al descubrir el engaño, se enfureció de tal manera que prometió vengarse de Prometeo y de los humanos. Para castigarlos los dejó sin el fuego. Este elemento era necesario para ahuyentar las fieras, para cocinar y para calentar los cuerpos en invierno.

Prometeo se sintió culpable por lo que había sucedido y pensó en cómo remediarlo. Le suplicó a Atenea, diosa de la sabiduría y de la guerra, que le dejara entrar en el Olimpo, a lo que ella accedió. Una vez dentro robó unas cuantas semillas de fuego del carro ígneo del Sol y las donó a la humanidad.

Al enterarse, Zeus prometió vengarse. Primero de los humanos. Pidió a Hefesto, el dios de la artesanía y de la metalurgia, que creara la primera de las mujeres con arcilla y la envió a vivir con los hombres. La llamaron Pandora, y ella y una caja extendieron las desgracias por la tierra.

El castigo a Prometeo fue más sangriento. Lo hizo encadenar desnudo a una roca en las montañas del Cáucaso, donde un águila le devoraba constantemente el hígado; debido a que este órgano tiene la capacidad de regenerarse, el castigo sería eterno. Pero la tortura del titán terminó, pues Hércules le puso remedio cuando pasó por la región del Cáucaso y se encontró con la escena. De un flechazo mató el águila y liberó a Prometo.

Zeus, padre de Hércules, no le recriminó a su descendiente que hubiera puesto fin a la condena que había impuesto a su primo, sino que se mostró orgulloso por la proeza, que aumentaba todavía más la gloria de su admirado vástago[1].

[1] *Vástago:* persona descendiente de otra.

La caja[1] de Pandora, o el inicio de todos los males

El titán Prometeo había robado el fuego de los dioses para concedérselo a los humanos. Zeus, rey de las divinidades olímpicas, estaba furioso y solo pensaba en vengarse por tal atrevimiento. No se le ocurrió otra cosa que ordenar a Hefesto, dios del fuego y de la forja, y a Atenea, diosa de la sabiduría y de la artesanía, que crearan una mujer, la primera de todas ellas, Pandora.

Todas las divinidades quisieron hacer su aportación y le otorgaron diferentes dones: la belleza, la persuasión, las habilidades manuales… Pero Hermes, dios del comercio y de los ladrones, le aportó la mentira y el engaño. Con todas estas cualidades y una caja cerrada que no debía abrirse bajo ningún pretexto fue enviada como regalo a los hombres…

El obsequio envenenado fue recibido por Epimeteo, hermano de Prometeo, que a diferencia de este no destacaba por su inteli-

[1] En el mito original no se mencionaba una caja, sino un *phitos,* un tipo de vasija con tapa.

gencia. Prometeo ya le había advertido que no aceptara nada de los dioses, que no se fiara de ellos. Sin embargo, la belleza de Pandora le sedujo de tal manera que se casó con ella sin pensárselo.

La misteriosa caja siguió cerrada durante tiempo, pero llegó un día en que la pareja no pudo refrenar más su curiosidad y la abrió para ver qué guardaba en su interior. De repente, todos los males y las desgracias salieron de su interior y se esparcieron entre los humanos. Solo la esperanza, que estaba en el fondo, no pudo escapar, pues Pandora consiguió cerrar la caja antes de que saliera. La venganza de Zeus se había hecho realidad.

Perseo y Medusa

Perseo fue uno de los grandes héroes griegos. Su padre fue el divino Zeus y su madre, Dánae, una princesa de la ciudad de Argos. La chica no tenía hermanos y sus padres buscaban desesperadamente un hijo varón. Cuando el rey fue a consultar al oráculo[1] este le predijo que no tendría hijos varones y que su nieto lo mataría.

Asustado por lo que el destino le deparaba, Acrisio, el padre de la joven, la encerró con su nodriza[2] en una cámara subterránea de bronce que hizo construir expresamente para la ocasión. Esto podía ser un obstáculo insalvable para cualquiera que quisiera intimar con la chica, pero no lo era para Zeus, pues este siempre tenía un as en la manga.

[1] *Oráculo:* lugar sagrado en el que se consultaba a la persona que hacía de contacto con una deidad; también se refiere a esa respuesta que daba el dios y al intermediario.

[2] *Nodriza:* mujer que amamanta a una criatura ajena.

En esta ocasión se metamorfoseó en una lluvia de oro que entró en la cámara por un resquicio del techo. De la unión nació, al cabo de nueves meses, Perseo. Cuando su abuelo se enteró de su nacimiento, introdujo a su hija y a su nieto en un arca de madera y los arrojó al mar. La minúscula embarcación fue a la deriva hasta que llegó a la isla de Sérifos, donde Dictis, un pescador, los acogió en su casa. El hermano de Dictis, Polidectes, era el monarca del lugar.

El rey se enamoró de Dánae, pero Perseo estaba tan pendiente de su madre que Polidectes no sabía cómo acercarse a ella. No quería usar la violencia porque temía la venganza del joven, quien desde bien temprano destacó por su fuerza y su destreza en el uso de las armas.

A Polidectes se le ocurrió una estrategia para conseguir la mano de Dánae. Invitó a todos sus amigos y a Perseo a un banquete. Cuando ya estaban todos saciados de manjares y de bebida, tomó la palabra:

—Nobles amigos, ¿qué obsequio vais a regalarme? Como soberano vuestro, bien me merezco un presente vuestro.

Los comensales empezaron a gritar y a golpear las mesas animados.

—Considero que el regalo más apropiado para un monarca es un caballo. ¿Estáis de acuerdo? —expuso uno de los invitados.

Todos dieron su aprobación al unísono.

—Y tú, Perseo, ¿también vas a obsequiarme con un caballo? —La pregunta pretendía dejar en ridículo al muchacho, pues todos los presentes sabían que su situación económica no se lo permitía.

—Oh, Polidectes. Como bien sabes, yo no poseo caballos ni oro para comprar uno, pero estoy dispuesto a ofrecerte el obsequio que más desees, aunque sea la cabeza de la gorgona Medusa. —La impulsividad le jugó una mala pasada.

—¡Esto me complacería más que cualquier caballo! —El rey estaba exultante. Por fin perdería de vista al joven y podría conquistar a Dánae. Y con un poco de suerte, no volvería a verlo nunca más.

Al día siguiente todos los invitados trajeron los caballos que habían prometido, mientras que Perseo se presentó con las manos vacías. El rey le reclamó lo que la noche anterior había prometido. Aunque Perseo era valiente, se había comprometido a llevar a término una aventura muy peligrosa: la Medusa era una de las tres Gorgonas, unos monstruos femeninos con la cabeza rodeada de serpientes, grandes colmillos, manos de bronce y alas de oro con las que podían volar. Con sus penetrantes miradas petrificaban a todo aquel que osara mirarlas a los ojos. Mientras que sus dos hermanas, Esteno y Euríale, eran inmortales, Medusa era mortal.

Algunos dioses se apiadaron del muchacho y le proporcionaron el equipamiento necesario para afrontar con garantías su reto. Hermes le dejó una espada curva y sus sandalias aladas, con las que podía volar como un ave; Atenea, un escudo brillante y pulido, y Hades, un casco que hacía invisible a quien lo llevara.

Siguiendo el consejo que le dieron las divinidades, se dirigió al encuentro de las tres Grayas, deidades que eran conocidas como «las viejas» porque nunca habían sido jóvenes. Eran las encargadas de proteger el camino que conducía a las Gorgonas. Tenían un único ojo y un único diente para las tres, los cuales se pasaban por turnos.

A pesar de la insistencia de Perseo por saber el sendero que llevaba al territorio de las Gorgonas, las Grayas se hacían las despistadas y no soltaban prenda. Para conseguir la información, tuvo que coger al vuelo su ojo y su diente mientras se lo intercambiaban. A cambio de recuperarlos, le indicaron el sendero que debía seguir.

Cuando entró en la guarida de las Gorgonas, las halló dormidas. Perseo actuó con sigilo, procurando no despertarlas. Atenea le había explicado cómo distinguir a Medusa de sus dos hermanas. Utilizó el escudo que le había dado la diosa para usarlo como un espejo y no mirar directamente el rostro de la bestia, no fuera que abriera los ojos y lo petrificara.

Con un golpe seco y rápido le cortó la cabeza y la introdujo en el zurrón que llevaba colgado al hombro. De las gotas de sangre que se derramaron del cuello del monstruo nacieron Pegaso, el caballo alado, y un gigante que sería conocido como Crisaor.

Cuando estaba a punto de salir del refugio se despertaron las otras dos Gorgonas. Sus ojos brillantes se dirigieron al héroe, pero este se cubrió con el escudo. Se colocó el casco que le había dado Hades e inmediatamente se hizo invisible. Con las sandalias aladas de Hermes se escapó volando.

De vuelta a casa, pasó por diferentes y variados rincones de la Tierra. El primero donde paró fue en el reino del titán Atlante, quien se mostró poco hospitalario e incluso agresivo. Para defenderse le enseñó la cabeza de Medusa y, al quedar petrificado, se convirtió en una gran cordillera, la que lleva por nombre Atlas, en el norte de África.

Al sobrevolar Etiopía, encontró a una chica desnuda atada a una gran roca. Su nombre era Andrómeda y la habían inmovilizado en un acantilado para ser devorada por un monstruo marino. Su madre, Casiopea, había ofendido a Hera y esta no se conformaba con una simple disculpa.

La belleza de la joven despertó una irresistible pasión en el héroe. Antes de enfrentarse a la bestia de mar, consiguió que el padre de la chica aceptara que a cambio de liberar a la muchacha podría casarse con ella. Zanjado este asunto, fue a sobrevolar con las sandalias aladas la zona donde se encontraba Andrómeda. El monstruo surgió de repente del mar para devorarla y Perseo sacó otra vez la cabeza de Medusa y se la mostró, dejando petrificada al instante a aquella bestia.

Perseo regresó a Sérifos acompañado de Andrómeda. La situación en la isla había empeorado notablemente. El monarca Polidectes había intentado abusar de la madre del chico, Dánae. Para evitar males mayores, esta y Dictis se habían ocultado en un santuario.

A su llegada al reino se encontró con que el monarca y sus amigos celebraban otro banquete. Entró en la sala y se dirigió directamente al rey:

—Polidectes, me han llegado voces de que has intentado forzar a mi madre a un matrimonio no deseado por ella.

—¿Quién eres tú para pedirme explicaciones? En mis tierras hago lo que quiero. Por cierto, ¿dónde está el obsequio que me prometiste?

—Aquí lo tienes.

Sacó la cabeza de Medusa y la exhibió a todos los presentes, que se iban petrificando uno tras otro. Tras liberarse de sus enemigos, se reunió con su madre y con Dictis. Después devolvió el escudo, las sandalias aladas, el casco y la espada curva a los dioses. Finalmente, Perseo entregó la cabeza de Medusa a Atenea, quien la colocó en el centro de su escudo.

Al héroe solo le quedaba un objetivo por cumplir: volver a su tierra natal, Argos. Quería volver a ver a su abuelo Acrisio. Su inseparable Andrómeda lo acompañó en el viaje. Acrisio, al enterarse de las intenciones de su nieto, y temiendo el cumplimiento del oráculo que le vaticinaba la muerte a manos de un hijo de Dánae, huyó a Larisa, con la excusa de los juegos que se celebraban en la ciudad en honor del monarca fallecido.

Cuando Perseo llegó a Argos no lo encontró y decidió ir a competir a los juegos de Larisa sin saber que su abuelo estaría entre los espectadores. El héroe participó en la modalidad de lanzamiento de disco. Su intento fue tan defectuoso que acabó impactando en la cabeza de Acrisio, quien murió en el acto. De esta manera se acabó cumpliendo la profecía.

Cuando conoció la identidad de la víctima, le invadió el dolor y el sentimiento de culpabilidad. Le dedicó una ceremonia solemne. Tras pensarlo, no se consideró digno de convertirse en el nuevo rey de Argos, que le pertenecía por ser el heredero del soberano muerto, y decidió cambiar sus derechos de sucesión con los de su primo Megapentes: este sería el nuevo monarca de Argos y Perseo el de Tirinto.

Hércules y los doce trabajos

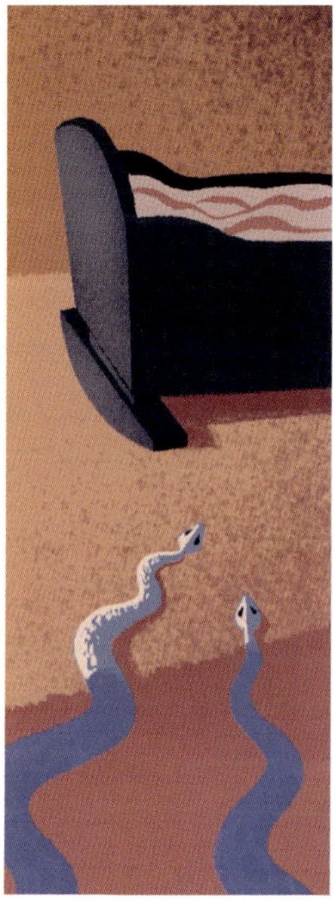

Hércules, de fortaleza física mítica, fue el más popular y célebre de todos los héroes griegos, aunque su verdadero nombre era Alcides. El sobrenombre de Hércules es la versión latina del nombre griego Heracles, que significa «gloria de Hera», y es que por su madrastra tuvo que esforzarse mucho… Su padre fue Zeus, rey de los dioses del Olimpo, y su madre, Alcmena, princesa de la ciudad de Micenas.

Las complicaciones en la vida de Hércules empezaron incluso antes de nacer: Alcmena estaba casada con el mortal Anfitrión, y Zeus aprovechó que su marido estaba en una expedición militar, para adoptar su forma e introducirse en la cama conyugal de la pareja. A la mañana siguiente regresó Anfitrión y engendró un segundo hijo, Ificles. El resultado fue el nacimiento de Hércules y su hermano al cabo de nueve meses.

Cuando la mujer de Zeus, la diosa Hera, supo lo sucedido entre su esposo y la princesa entró en cólera y decidió hacer la vida imposible a la mortal y a su futuro hijo. Como Zeus iba diciendo orgullosamente que el próximo niño que naciera de la estirpe del héroe Perseo, a la cual pertenecía Alcmena, sería el futuro monarca de la ciudad de Argos, se encargó de hacer atar las piernas de la chica para retrasar el parto y, por otro lado, avanzar el de Euristeo, primo de Hércules. Con esta argucia malévola lo apartó del trono de Argos y, como veremos más tarde, le complicó de manera extraordinaria la vida a Hércules.

Para conseguir la inmortalidad, Hércules debía amamantarse del seno de Hera, quien evidentemente no estaba dispuesta a consentirlo. Zeus se ganó la complicidad de Hermes, el dios mensajero, y este aprovechó un momento en que la diosa estaba durmiendo para acercar los labios del bebé a uno de sus pechos. El niño succionó con todas sus fuerzas haciendo que Hera se despertara del dolor. Al darse cuenta de lo que había sucedido, lo apartó lejos de sí con un manotazo. Ya era demasiado tarde. La leche que surgió de su pecho dejó una estela en el cielo, la Vía Láctea.

La obsesión de Hera con el niño llegó hasta tal punto que planeó su muerte cuando solo tenía ocho meses. Como cada noche, Alcmena acostó a sus dos hijos en sus respectivas cunas. Cuando el sueño se había apoderado de ellos, la mujer de Zeus envió dos serpientes gigantes que lentamente se fueron enroscando a sus cuerpos. Ificles reaccionó llorando, pero su hermano las agarró con sus manos por la garganta y las ahogó.

Su mal carácter y su fuerza descomunal eran una combinación explosiva. Su primer maestro lo podría haber confirmado si hubiera sobrevivido al arrebato letal de su discípulo. Mientras que Ificles era aplicado y mostraba interés en las lecciones de música y de letras que les impartía su tutor Lino, Hércules era despistado y poco disciplinado. En una ocasión el preceptor le reprendió por su escaso interés, lo que irritó al hijo de Zeus, quien cogiendo su lira le dio tal golpe en la cabeza que murió fulminado.

Anfitrión decidió que lo mejor para todos era que su hijo adoptivo se alejara por un tiempo de la civilización y lo envió al campo para ocuparse de sus rebaños. Se dedicó a hacer de pastor hasta los dieciocho años. Una vez cumplidos partió para realizar nuevas hazañas. La primera fue dar muerte al león de Citerón, una bestia de gran ferocidad y de dimensiones enormes. Por su culpa los rebaños de Anfitrión y de su vecino el rey Tespio menguaban sin parar. Nadie se atrevía a cazarlo. Cuando Hércules descubrió que el animal se escondía en una guarida del monte Helicón, se dirigió a su encuentro y acabó con su vida.

En otra ocasión liberó a los habitantes de Tebas de seguir pagando tributos a la ciudad de Orcómeno. Con su arrojo y fuerza habituales venció a los ejércitos que cercaban a la población tebana. El rey Creonte le agradeció sus servicios y le dio en matrimonio a su hija mayor, Mégara.

Durante los primeros años la pareja fue feliz y tuvieron tres hijos. Sin embargo, la celosa Hera volvió a intervenir. Se las arregló para causar una locura temporal en el héroe, quien lleno de ira lanzó sus tres criaturas al fuego, ocasionándoles la muerte. Cuando recobró la lucidez, los remordimientos le llevaron a abandonar a su mujer.

Sus sentimientos de culpabilidad eran tan intensos que decidió pedir consejo al oráculo de Delfos. La Pitonisa[1] le ordenó que se pusiera al servicio de su primo Euristeo, rey de Argos,

---

[1] *Pitonisa:* sacerdotisa de Apolo, daba los oráculos en el templo de Delfos. Por extensión, persona que adivina el futuro.

durante doce años. Al principio no entendió por qué debía someterse a alguien tan inferior a él, pero después recapacitó y accedió.

Euristeo le encomendó la realización de diez trabajos o misiones. Para llevarlos a cabo, el héroe se pertrechó de unas cuantas armas: una maza hecha por él mismo con la madera de un olivo silvestre; una espada obsequio de Hermes, el dios mensajero; un arco y flechas regalo de Apolo, divinidad del tiro con arco; una coraza dorada realizada por Hefesto, dios de la metalurgia, y una túnica recibida de parte de Atenea, la patrona de la sabiduría y de la guerra. El dios de los mares, Poseidón, le concedió sus mejores caballos. Su sobrino Yolao lo acompañó como escudero en algunas de sus aventuras.

El primer trabajo consistía en matar y desollar al león de Nemea, una bestia de insaciable hambre que tenía por costumbre comerse a todas las personas y rebaños que encontraba a su paso. Los habitantes de la zona lo temían. El monstruo había sido criado cuidadosamente por Hera y vivía en una cueva con dos salidas. Su piel estaba hecha a prueba de piedras y metales.

Lo primero que hizo Hércules al divisar la presencia del animal fue dispararle una nube de flechas, pero rebotaron en su piel y no parecía que lo hubieran lastimado lo más mínimo. Decidió coger la maza y amenazarlo hasta conducirlo y encerrarlo en la guarida que era su morada. Cuando ya estaban los dos en el interior del refugio, Hércules taponó una de las aberturas y se situó delante de la otra. Solo uno de los dos saldría vivo de la cueva. La bestia se dirigió amenazadoramente hacia él y con un potente brinco se abalanzó contra el héroe. La feroz lucha terminó cuando Hércules pudo agarrarle la cabeza por debajo del brazo y estrangularlo.

Muerto el león, ahora tocaba arrancarle la piel para llevarla a Euristeo como muestra de su hazaña. Lo intentó con la espada, pero no consiguió ni tan siquiera rasgar la piel. Un golpe de inspiración le llevó a probar con las afiladas garras del propio monstruo y de este modo consiguió su objetivo. Seccionó también su cabeza y la utilizó como yelmo[2].

Hércules se dirigió a la corte de Euristeo en Argos. Cuando el monarca fue informado de los sucesos acontecidos, se asustó tanto del valor de su primo que decidió esconderse en una urna de bronce bajo tierra y mandó a uno de sus súbditos que advirtiera a Hércules que dejara los restos del animal a las puertas de la ciudad y que no osara entrar en ella.

Por otro lado, Zeus estaba tan orgulloso de la proeza de su hijo que elevó la figura del león entre las constelaciones del cielo.

El segundo trabajo de Hércules no era menos peligroso que el primero: debía matar a la hidra de Lerna. La hidra era una serpiente de múltiples cabezas que volvían a crecer cuando eran cortadas. Su morada estaba en la región de Lerna y el aliento que surgía de sus bocas era tan letal que, si alguien osaba acercarse a la bestia, moría irremediablemente. También fue criada por Hera para hacer la vida imposible a Hércules.

En esta ocasión requirió la colaboración de su sobrino Yolao. Tras descubrir dónde se escondía la hidra, ordenó a su pariente que lanzara flechas ardientes contra su guarida para obligarla a salir al exterior. Una vez fuera y mientras contenía la respiración, se enfrascó en una lucha cuerpo a cuerpo con el monstruo, quien empezó a enroscarse a sus piernas para derribarlo. Con la maza golpeaba sus cabezas, pero por cada una que aplastaba le aparecían dos de nuevas.

---

[2] *Yelmo:* pieza de la armadura que cubre y protege cabeza y rostro.

Para ayudar a la hidra, Hera envió un cangrejo gigante que mordió en el pie a Hércules. Este aplastó furioso el caparazón del animal causando su muerte en el acto. Su figura se elevó al cielo formando la constelación de Cáncer.

El combate parecía no tener fin. Cada vez que conseguía desintegrar una cabeza de la hidra aparecía un par de ellas... La solución la encontró ordenando a su sobrino que cortara y quemara gruesas ramas de árbol y las convirtiera en tizones que le servirían para cauterizar las heridas que causaba al cortar las cabezas del monstruo. De este modo no se reproducirían más. Con esta estratagema acabó venciendo a la serpiente. La cabeza central fue la última que seccionó. Como tenía la fama de que era inmortal, la enterró bajo una roca gigantesca. Luego sacó sus entrañas y empapó sus flechas con el veneno de la hidra. De esta manera, cualquier herida provocada por ellas sería letal.

Euristeo, escondido una vez más en su refugio subterráneo, anunció a Hércules a través de un heraldo[3] que este trabajo no contaba como realizado, pues Yolao le había proporcionado las teas[4].

El tercer trabajo que le impuso su primo fue el de capturar vivo al jabalí de Erimanto, una enorme bestia que causaba estragos entre los habitantes de las laderas del monte Erimanto. Mientras se dirigía a su destino, se enfrentó a Sauro, un bandido muy cruel. El enfrentamiento duró bien poco, y pudo seguir su marcha tranquilamente.

Por el camino se encontró con el centauro Folo, quien le invitó a comer en su guarida. Los centauros eran criaturas con la cabeza, los brazos y el torso de un hombre y el cuerpo y las

3 *Heraldo:* mensajero.

4 *Tea:* astilla o trozo de madera impregnado en resina para que arda mejor y más tiempo.

patas de caballo. Hércules estaba sediento y pidió vino para beber. Folo le respondió que solo tenía una jarra y que pertenecía a todos los centauros. El héroe le comentó que la abriera y que no se preocupara. Mientras lo hacía, el fuerte olor del vino atrajo al resto de centauros, quienes armados con rocas, teas y hachas se presentaron poco amigables en la caverna. Hércules se enfrentó a ellos con sus flechas mortales y los expulsó, no sin matar unos cuantos.

La desgracia se cernió sobre Folo: mientras enterraba a algunos de sus congéneres, extrajo para examinarla una flecha envenenada del cuerpo de uno de ellos, con tan mala suerte que se le cayó sobre el pie y le causó la muerte. Hércules lo honró celebrando unos magníficos funerales en su honor.

Tras este trágico suceso, siguió su marcha hacia Erimanto, donde le esperaba el terrible jabalí. Lo avistó escondido en unos matorrales. Gritó para ahuyentarlo y lo persiguió corriendo hasta fatigarlo lo suficiente como para poder capturarlo. Lo cargó vivo sobre sus espaldas y lo llevó a Argos.

Como ya era habitual, su primo Euristeo no salió a recibirlo, pues se volvió a esconder en su receptáculo bajo tierra. No se sabe quién mató al jabalí, pero sus colmillos se mostraron como exvotos durante mucho tiempo en el templo de Apolo en Cumas, la colonia griega más antigua de Italia.

El cuarto trabajo que se le impuso a Hércules consistía en capturar viva una cierva que merodeaba por los alrededores de la ciudad de Cerinia. El animal, de enormes dimensiones y muy veloz, devoraba con un hambre desmesurado las cosechas que encontraba en sus paseos. Sus pezuñas eran de bronce y sus cuernos de oro.

La bestia estaba consagrada a Artemisa, la diosa, entre otras cosas, de los animales salvajes. De pequeña había visto cinco ciervas más grandes que toros y tras perseguirlas consiguió capturar a cuatro de ellas. La quinta tenía otro destino: Hera la había reservado para Hércules.

El héroe no podía ni matar ni herir al animal, pues al estar consagrado a Artemisa, si lo hacía, cometería un sacrilegio y sería castigado por los dioses. No le quedaba otra que perseguir a la cierva hasta que esta se dejara capturar víctima de la fatiga. Estuvo más de un año tras ella. Al final la bestia se refugió agotada en el monte Artemisio para después descender hasta el río Ladón.

Hércules, que era un consumado arquero, disparó una flecha que le pasó entre el hueso y el tendón, sin que se derramara ni una sola gota de sangre. Después la apresó.

Con el animal echado sobre sus hombros puso rumbo a Argos. Cuando atravesaba la Arcadia se encontró con Artemisa, quien le reprendió por maltratar al animal con estas palabras:

—Hércules, ¿no sabes que esta cierva está consagrada a mí?

—Divina Artemisa, la llevo ante el rey Euristeo, quien me ha obligado a llevar a término diez trabajos. Como puedes observar, está viva y no tiene ni un rasguño.

La diosa observó al animal y, al constatar que no había ningún rastro de sangre ni de herida, permitió que el héroe siguiera su camino. El recibimiento por parte de Euristeo fue como el de las otras veces.

El quinto trabajo era ahuyentar las aves estinfálidas. Estos animales tenían el tamaño de las grullas y eran antropófagas, es decir, tenían en su dieta la carne humana. Para hacerlas aún más temibles, sus picos, sus alas y sus garras eran de bronce.

En otro tiempo habían vivido en una selva a orillas del río Estínfalo, pero una invasión de lobos las había expulsado y ahora residían en los alrededores. Se habían reproducido tanto que se habían convertido en una auténtica plaga. Arrasaban las cosechas y atacaban a hombres y animales.

Hércules no se podía enfrentar a todas las aves porque eran muchas y estaban escondidas en el bosque. Tampoco podía ahuyentarlas con sus flechas, pues eran muy difíciles de ver cuando se ocultaban.

Atenea, la divinidad de la sabiduría, acudió en su ayuda y le dio una matraca[5] gigante construida por Hefesto, el dios herrero. El héroe sacudió el instrumento y su ruido espantó a las aves, que salieron volando. Hércules aprovechó para matar a cientos de ellas con sus flechazos. Aunque muchas se escaparon, ya no volvieron a la zona.

En esta ocasión el rey Euristeo se dignó a hablar en persona con Hércules, pues, aunque aún temía a su primo, no quería perderse la cara que pondría este cuando le explicara la nueva misión.

El sexto trabajo consistía en limpiar los establos del rey Augías. Los dos primos conversaron por primera vez desde hacía mucho tiempo:

—¿Has oído hablar de Augías, monarca de Élide?

—Claro. Es el hijo de Helios, el dios Sol. Cuentan que tiene los rebaños más grandes de toda Grecia, que sus animales son los más fértiles y que nunca enferman.

—Exacto. ¿Y de sus establos?

—También. Los más sucios que se puedan imaginar.

—Tu nuevo trabajo consistirá en limpiarlos y dejarlos bien resplandecientes. —Mientras lo decía su rostro no podía ocultar el gran placer que le daba imaginar a su primo envuelto de heces de vacas, caballos…

---

[5] *Matraca:* instrumento de madera compuesto de un tablero y una o más piezas de metal o mazos, que, al sacudirlo, produce ruido desapacible.

—¿Cómo puedes pedirme esto? ¡Soy el hijo de Zeus! —explotó Hércules ante lo que entendía una ofensa.

—Ya sabes que o haces lo que te ordeno o hablo con Hera y que ella decida...

Una vez más, Hércules tuvo que someterse a los deseos de Euristeo.

Hacía años que no se recogía el estiércol en los establos de Augías. Era tan grande el hedor que desprendían que no había ningún rincón de la región que quedara libre de la desagradable peste. Si se andaba cerca de las instalaciones, al poner los pies en el suelo los excrementos alcanzaban hasta las rodillas.

Cuando Hércules estuvo cerca de los establos pidió hablar con el monarca. Este accedió.

—Rey Augías. Euristeo me ha encomendado limpiar tus establos.

—Admirado Hércules. Bonita misión te han encargado —dijo el soberano con sorna.

Por la cabeza del héroe pasó la idea de estrangular al gracioso de su interlocutor, pero se abstuvo de hacerlo y siguió la conversación como si nada.

—Solo necesito un día para hacerlo —afirmó rotundo.

La cara del rey mostró su incredulidad. Llamó a su hijo mayor, Fileo, para que fuera testigo de las palabras de Hércules.

—¿Puedes volver a repetir lo que me has dicho antes delante de mi heredero?

—No tardaré más de un día en tener limpios todos tus establos. ¿No te lo crees? A cambio te pido la décima parte de todos tus rebaños. ¿Aceptas?

Augías aceptó el trato y se fue riendo a su palacio junto a su hijo. Hércules se puso manos a la obra y desvió el curso de dos ríos que pasaban por las cercanías de los establos y los llevó hasta el patio donde se encontraban estos. La fuerza del agua arrastró en un santiamén todo el estiércol y quedaron bien aseados.

El soberano, sorprendido por lo que había acontecido, negó haber hecho ningún trato y, ante la insistencia del héroe en cobrar lo que habían pactado, lo desterró de su reino.

Euristeo tampoco quiso contar este trabajo como uno de los diez que habían pactado argumentando que lo había realizado contratado por Augías.

Como séptimo trabajo, Euristeo ordenó a Hércules que trajera sano y salvo al toro de Creta. Esta bestia surgió del mar un día en que el rey Minos de Creta había prometido que sacrificaría en honor de Poseidón, el dios de los mares, lo primero que surgiera de las aguas marinas. Los rumores afirmaban que había sido la propia divinidad quien había enviado al animal astado para poner a prueba al monarca. El soberano, rendido ante la belleza del toro, lo escondió entre sus muchos rebaños y sacrificó otro de menor valor.

Poseidón no perdonó la ofensa recibida e hizo que el animal se volviera furioso y que lanzara fuego por la nariz. Pero no satisfecho con esto, provocó que la esposa de Minos, Pasífae, se enamorara del animal y que tuvieran relaciones amorosas, de las cuales nació el Minotauro, un monstruo con cuerpo de hombre y cabeza de toro.

Con el paso de los años el toro aún estaba en Creta y no paraba de hacer estragos entre la población. Minos no sabía cómo echarlo de su reino. Por este motivo, cuando recibió en su palacio a Hércules le ofreció su colaboración. Sin embargo, el héroe la rechazó porque ya sabía que si alguien colaboraba en sus aventuras, su primo no aceptaría la hazaña como uno de sus diez trabajos.

La lucha entre el animal y el hijo de Zeus fue encarnizada, aunque al final Hércules consiguió domarlo y llevarlo hasta

Argos. Euristeo pensó en dedicárselo a Hera, pero la divinidad rehusó, pues no quería nada que tuviera que ver con Hércules.

El octavo trabajo consistía en la captura de las yeguas de Diomedes, un rey de la región de Tracia. Estos animales recibían los nombres de Podargo, Lampón, Janto y Deino. Eran salvajes y se nutrían de carne humana. El soberano las mantenía atadas en sus establos con cadenas de hierro y las alimentaba con los huéspedes e intrusos que se acercaban demasiado a ellas.

Como el monarca no quería entregarle sus apreciadas yeguas, Hércules tuvo que enfrentarse a sus mozos de mulas. Después de vencerlos, arrojó al monarca a las bestias para que se lo comieran y así saciar su hambre voraz. Con la tripa llena fue más fácil dominarlas y atarlas a su carro. Las condujo hasta Argos, donde Euristeo las entregó como ofrenda a Hera, quien las dejó en libertad en el monte Olimpo.

El noveno trabajo fue fruto de una petición de Admete, hija de Euristeo: quería poseer el cinturón de Hipólita, la reina de las amazonas, unas mujeres guerreras famosas por su valor. Eran hijas de Ares, el dios de la guerra, y de la náyade[6] Harmonía. Las amazonas solo reconocían la descendencia materna y eran los hombres quienes tenían que hacerse cargo de las tareas domésticas, mientras que las mujeres luchaban y gobernaban. Su fama como guerreras era bien merecida: eran grandes jinetes, su puntería con el arco era célebre y su manejo de los escudos en forma de media luna, temible.

Hércules flotó una embarcación y se hizo acompañar de varios voluntarios, entre los cuales estaba su sobrino Yolao. Tras

[6] Las náyades eran ninfas de ríos, riachuelos, lagos y de todo tipo de aguas que tienen su curso en el interior de los continentes.

algunas aventuras por el camino, llegaron al puerto de Temiscira, en el reino de las amazonas.

Hipólita recibió a Hércules y este le explicó el motivo de su presencia. La reina tenía gran aprecio a su cinturón, el cual había sido del propio Ares. Este se lo había dado como símbolo del poder de la monarca sobre el resto de las amazonas. A pesar de todo, consintió en entregárselo. No se sabe si para evitar una guerra que podía ser letal para su pueblo o porque el irresistible atractivo del héroe hizo efecto en ella.

La diosa Hera estaba observando la escena y no daba crédito a lo que estaba sucediendo. ¡No podía ser que Hércules consiguiera el cinturón sin derramar ni una gota de sangre! ¿Eran estas las temibles guerreras? Decidió disfrazarse de amazona y meter baza en el asunto. Hizo correr el rumor entre las mujeres de que la intención del héroe y de sus compañeros era raptar a Hipólita. Las amazonas se lo acabaron creyendo y se enfrentaron a los visitantes. La disputa se acabó transformando en una batalla campal. Hércules interpretó que el cambio de opinión de la reina formaba parte de una trampa y la mató.

Llegado a Argos, le entregó el cinturón a Euristeo y este a su hija Admete. El resto del botín arrebatado a las amazonas fue entregado como ofrenda al templo de Apolo en Delfos.

Los bueyes de Gerión protagonizaron el trabajo número diez. Hércules debía tomarlos sin pedirlos ni pagarlos. Es decir, los tenía que robar. Gerión era un gigante con tres cuerpos humanos unidos por la cintura. Vivía en la ciudad de Eritea[7] y tenía fama de ser el humano más fuerte del mundo. Era el amo de un rebaño de bueyes de gran belleza. Los cuidaba un pastor, Euritión, y un perro bicéfalo, el monstruoso Ortro,

[7] En lo que hoy en día sería Cádiz.

hermano de Cancerbero, el can que vigila la puerta del reino de Hades.

Al desembarcar en Eritea el primero que fue a recibirlo fue Ortro, quien se lanzó sobre él ladrando, con la intención de matarlo. Un golpe seco con la maza lo envió directo al otro mundo. El boyero[8] acudió en su ayuda y falleció del mismo modo.

Mientras el héroe se llevaba el ganado consigo, un pastor vecino fue a avisar a Gerión. Este cortó el paso a Hércules y le atacó. Un vendaval de flechas lanzadas por el hijo de Zeus hirieron a su adversario. Hera, que presenciaba los acontecimientos, quiso tomar cartas en el asunto, pero Hércules no dudó en dispararle unas cuantas flechas que la disuadieron de intervenir. Después embarcó los animales y puso rumbo a Tartessos, en el suroeste de la península ibérica. Al llegar a su nuevo destino erigió una columna en cada uno de los lados del estrecho de Gibraltar. Una en Europa y la otra en África. Con el tiempo serían conocidas como las columnas de Hércules.

De retorno a Argos fue atacado por numerosos bandoleros que trataron de robarle el rebaño. En Liguria, una región de la península itálica, fue atacado por los indígenas de la zona, que eran muy belicosos. Tras producir una auténtica carnicería con el lanzamiento de todas las flechas disponibles, se quedó sin armamento. En el suelo que pisaba no había nada que le sirviera para defenderse. Rogó a su padre Zeus que lo ayudara y este hizo caer una lluvia de piedras. Con ellas pudo ahuyentar a sus enemigos.

Una vez llegado a Argos, Euristeo le encargó un undécimo trabajo, pues de los diez realizados hasta el momento, el segun-

[8] *Boyero:* persona que guarda bueyes o los conduce.

do y el sexto no los había aceptado. La nueva misión consistía en traer a Cancerbero, también conocido como el can Cerbero, a la Tierra. Era el perro del reino de Hades, el Infierno, y se ocupaba de que los vivos no entraran en él y de que los muertos no salieran.

El aspecto de la bestia era terrorífico: contaba con tres enormes cabezas de perro y una cola con forma de serpiente. Estaba encadenado al lado de la puerta del inframundo y sembraba el terror en las almas que entraban.

Antes de llevar a cabo su nuevo trabajo, decidió que lo mejor era hablar con la divinidad que regía los destinos del mundo de los muertos, Hades. Por un lado era un dios muy poderoso y por otro era su tío, ya que era uno de los hermanos mayores de Zeus.

—¿Qué te trae a mi reino, Hércules?

—El encargo de Euristeo. Supongo que ya has oído hablar de los trabajos que tengo que realizar bajo sus órdenes.

—Claro. No se habla de otra cosa entre los dioses.

—Ahora el capricho de Euristeo es que le lleve a Cancerbero.

—¿A mi perro guardián?

—Eso parece.

—Voy a hacer una excepción contigo y te voy a permitir que te lo lleves. Pero con una condición: debes hacerlo sin servirte de ninguna arma. Solo con tus manos.

—De acuerdo. Así lo haré. —Miró de reojo a la bestia infernal y puso cara de resignación, pues el aspecto de Cancerbero no era muy amigable.

La lucha cuerpo a cuerpo fue terrorífica, pero consiguió agarrarlo por el cuello del que salían las tres cabezas y poco a poco lo fue ahogando hasta dejarlo inconsciente. De esta manera pudo llevarlo hasta Argos.

Cuando Euristeo vio a Cancerbero se asustó mucho y ordenó que fuera devuelto a su lugar de origen.

El último de los trabajos, el número doce, consistía en traer a Euristeo las manzanas de oro de las Hespérides. Estas frutas, que eran de oro, fueron el obsequio que recibió Hera de parte de la diosa Gea, divinidad de la Tierra, cuando se casó con Zeus. Gea era la abuela de ambos cónyuges.

Hera sentía pasión por estas manzanas y las hizo plantar en su jardín divino. Un día se dio cuenta de que las hijas del titán Atlante, las Hespérides, tenían por costumbre robar algunas de sus apreciadas frutas y mandó a un dragón inmortal de cien cabezas que se enroscara alrededor del árbol para protegerlas.

En el largo viaje que tuvo que realizar el héroe para llegar hasta las preciadas manzanas, pasó por el Cáucaso y se encontró con el titán Prometeo, a quien un águila le devoraba el hígado una vez tras otra, pues este se regeneraba constantemente. Hércules ahuyentó al ave y Prometeo, en recompensa, le dio un consejo muy provechoso para llevar felizmente a término su misión:

—Admirado Hércules. Te estoy muy agradecido por liberarme de la bestia alada que me torturaba día y noche.

—En ocasiones mi padre es muy cruel e impone castigos despiadados.

—¿Qué te trae por aquí?

—Estoy buscando las manzanas de las Hespérides.

—Si es así, ten en cuenta lo que te diré: no tomes las manzanas con tus manos. Deja que Atlante lo haga por ti.

Tras esta advertencia se despidieron y Hércules prosiguió su camino hasta llegar al país de los Hiperbóreos, donde se encontró con Atlante, que sostenía el cielo sobre sus hombros. Zeus le había impuesto este castigo por rebelarse junto a otros titanes contra los dioses del Olimpo.

Hércules le habló con estas palabras:

—Apreciado Atlante. Debo pedirte un favor. Euristeo me ha mandado que le lleve algunas manzanas de oro del jardín de Hera y sé que solo tú puedes cogerlas sin provocar la ira del dragón que las protege.

—Es verdad, Hércules, pero ya ves que estoy ocupado con el peso que tengo que soportar por imposición de tu padre.

—¿Qué te parece si, mientras tú vas, cargo yo con la bóveda celeste?

—De acuerdo. Así descansaré un poco.

Al cabo de un rato volvió Atlante con tres manzanas de oro. Estaba tan contento por haberse librado por un rato del peso del cielo que le propuso un cambio al héroe:

—Hércules, he pensado que lo mejor es que sea yo quien lleve las manzanas a Euristeo. Cuando vuelva te reemplazo con la carga del cielo.

—Perfecto. Ya me quedo yo aquí mientras tú llevas las manzanas. Pero antes tendrías que descargarme el peso para ponerme una almohada en los hombros —dijo Hércules con astucia comprendiendo las intenciones de su interlocutor.

Atlante alzó la bóveda celeste al tiempo que Hércules le cogió las manzanas de las manos y salió corriendo.

Euristeo no sabía qué hacer con las frutas de oro y se las devolvió a su primo, quien se las ofreció a la diosa Atenea. Esta las devolvió al jardín de Hera.

Una vez realizados los diez trabajos, que acabaron siendo doce, Hércules fue libre y no tuvo que someterse más a los caprichos de Euristeo. Sin embargo, sus andanzas y heroicidades continuaron. También volvió a casarse. Esta vez con Deyanira, una hermosa princesa de la ciudad de Calidón. Tuvieron un hijo, Hilos.

A causa del carácter violento del héroe, que ni con los trabajos impuestos por el oráculo había aprendido a controlarse, la pareja tuvo que exiliarse. Cuando se disponían a cruzar un río, se encontraron con el centauro Nereo, quien se ofreció a pasar a la chica en su lomo, mientras Hércules lo hacía a nado. Aceptaron la propuesta. El héroe lanzó su maza y el resto de armas al otro lado del río y se dispuso a nadar.

Nereo y la princesa llegaron antes que él y el centauro aprovechó el momento para raptar a la muchacha. Cuando el hijo de Zeus llegó a la orilla cogió su arco y lanzó una flecha que traspasó el corazón del monstruo. Antes de morir, el centauro le dijo a Deyanira que si untaba la ropa de Hércules con su sangre, el héroe no miraría a otra mujer que no fuera ella. La joven conservó unas gotas.

La vida en común de la pareja estuvo plagada de infidelidades por parte de Hércules. Harta de soportar tales desprecios, decidió probar los efectos de la sangre del centauro. Vertió la sangre en la vestimenta nueva de Hércules y le dijo que se cambiara, que la que llevaba apestaba. Él la obedeció, pues ignoraba sus intenciones.

Con la indumentaria recién estrenada se fue a hacer un sacrificio a los dioses. El sol resplandecía y el calor era muy intenso. De repente, Hércules empezó a chillar. El veneno de la sangre empezaba a hacer efecto. Intentó sacarse la ropa, pero estaba adherida a la carne. Se fue corriendo hacia un estanque cercano y se remojó en él. En lugar de calmar el dolor, lo intensificó. Cuando Deyanira entendió que el centauro la había engañado, se suicidó.

Hércules comprendió que se acercaba su final y pidió a su hijo Hilos y a su sobrino Yolao que lo quemaran en una pira, la muerte más noble para los héroes. Ellos aceptaron. El hijo de

Zeus colocó su maza, su arco, la piel de león y el resto de sus pertenencias encima de la pira y después se reclinó en ella. Sus parientes no tuvieron el valor de encenderla y tuvo que ser el hijo de un pastor, Filoctetes, quien lo hiciera. Hércules se lo agradeció donándole el arco y las flechas.

Cuando el fuego empezó a prender, un rayo divino de Zeus envió al héroe al Olimpo. Había terminado su vida mortal, pero la inmortal acababa de empezar. Su padre, que siempre había estado muy orgulloso de él, lo quería a su lado. Para que no hubiera ninguna duda, dirigió estas palabras al resto de divinidades:

—Hércules vivirá con nosotros, como uno más de los dioses. Sus hazañas le han hecho merecedor de este honor. Y si alguien no está de acuerdo, ahora es el momento de decirlo.

Todos callaron. Algunos mostraron su aprobación con una sonrisa, otros simplemente no dijeron nada. Todavía faltaba el consentimiento de Hera. Zeus la interpeló con suma diplomacia:

—Esposa. Sé que te he hecho sufrir con mis devaneos amorosos, pero Hércules no es culpable de ellos. Como mortal ya ha pagado suficientemente. Ahora ha renacido como inmortal y necesita una nueva madre. No se me ocurre otra mejor que tú, amada diosa del matrimonio y de la familia.

Las palabras de Zeus enternecieron el corazón de Hera, quien a pesar de haberlo odiado profundamente hasta aquel momento, tomó a Hércules como su hijo y lo quiso como tal.

Jasón y los argonautas. La mayor reunión de héroes nunca vista

Jasón era el hijo de Esón y de Alcímeda, los antiguos reyes de la ciudad de Yolco destronados por el hermanastro de Esón, Pelias. La educación del muchacho le fue encargada al centauro Quirón, quien le enseñó el arte de la lucha, pero también el de la medicina y el de la música.

Cumplidos los veinte años, Jasón regresó a Yolco para reclamar el trono. Su aspecto era peculiar: se cubría con una piel de pantera, llevaba una lanza en cada mano e iba descalzo de un pie. Había perdido la otra sandalia al auxiliar a una anciana a cruzar un riachuelo crecido de agua. La había cargado a hombros mientras atravesaban el río, pero la mala suerte hizo que perdiera el calzado de un pie y que se lo llevara la corriente. La mujer era la diosa Hera disfrazada, y todo había sido una prueba para comprobar el carácter y el valor del muchacho.

Jasón se presentó ante el rey cuando este estaba a punto de celebrar un sacrificio en honor de Poseidón, el dios del mar.

El monarca no lo reconoció, aunque un sobresalto le invadió el corazón. Un oráculo le había advertido de que desconfiase del hombre que llevara solo un pie descalzo. El muchacho tomó la palabra:

—Pelias, ¿me reconoces? Soy Jasón, el heredero al trono que usurpaste.

—¿Jasón? Acércate, me gustaría verte de cerca.

Mientras el joven se aproximaba, el gobernante lo observó con detalle y pensó cómo podía ganar tiempo.

—Es verdad que eres tú, Jasón. Estás hecho todo un hombre. Alto y fuerte. ¿Cómo andas de valor?

—El centauro Quirón me ha instruido en el manejo de las armas.

—¡Fantástico! Así estás preparado para llevar a cabo la aventura que te voy a encomendar. Antes de sentarte en este trono, que legítimamente te pertenece, deberás demostrar que eres merecedor de él. Tráeme el vellocino[1] de oro y mi trono será tuyo.

Pelias estaba convencido de que si el muchacho aceptaba, no regresaría de su aventura. El vellocino de oro era la piel dorada de un carnero mágico que tenía el poder de volar. En otra época había transportado por los aires a Frixos, antepasado de Pelias. Muchos héroes habían intentado traer el tusón[2], pero nadie lo había conseguido, pues la piel estaba sobre una encina y un dragón que nunca dormía la custodiaba.

—¡Acepto! —exclamó el joven sin pensárselo.

Una sonrisa malévola apareció en el rostro del rey cuando oyó la respuesta. Jasón se puso manos a la obra aquel mismo

[1] *Vellocino:* (vellón) conjunto de la lana de un carnero u oveja que se esquila.
[2] *Tusón:* lana de carnero u oveja.

día. Primero pidió a Argos, hijo de Frixos y excelente constructor de navíos, que construyera la nave que tenía que transportarlo a él y a todos sus compañeros de aventuras. Después ordenó a todos los mensajeros del reino que difundieran la noticia de que se iba a emprender una expedición marítima y que todos aquellos valientes que se atrevieran a participar serían bien recibidos.

Se presentaron algunos de los más renombrados héroes de Grecia: Hércules, hijo de Zeus y el más fuerte de todos los humanos; Orfeo, capaz de encantar las fieras con su música; Peleo, valeroso guerrero y padre de Aquiles; Atalanta, la mujer guerrera; Cástor y Pólux, conocidos como los Dioscuros, y muchos más. En total zarparon cincuenta.

La embarcación recibió el nombre de Argos, en honor de su constructor, y los miembros de la tripulación fueron conocidos como los argonautas, es decir, los marineros del Argos.

Pusieron rumbo a la Cólquida, un territorio ubicado en los confines del mar Negro, donde les esperaba el vellocino de oro. Como el trayecto era largo, tuvieron que hacer unas cuantas escalas. La primera fue en la isla de Lemnos, un lugar habitado solo por mujeres. Afrodita, la diosa del amor, las había condenado a oler mal por no haberle dedicado los sacrificios rituales oportunos, y sus maridos las quisieron abandonar para buscar otras en tierra firme. La cólera de las mujeres las llevó a asesinarlos por la noche mientras dormían.

Cuando las habitantes de la isla observaron que se acercaba una embarcación, se vistieron con las corazas de sus difuntos esposos y fueron a la orilla a repeler a los supuestos enemigos. Rápidamente se dieron cuenta de que sus intenciones eran amigables y decidieron acogerlos en la ciudad. Como las mujeres eran conscientes de que si no tenían descendencia su raza se extinguiría, se unieron a los extranjeros y engendraron muchos hijos. El mismo Jasón se casó con Hipsípila, la reina, y tuvieron dos criaturas. Con el paso del tiempo algunos héroes empezaron a olvidarse del motivo del viaje. Tuvo que ser Hércules quien se lo recordara.

La siguiente parada fue en la península de Arctón, donde los recibió el rey Cícico. Durante el banquete en su honor fueron atacados por unos gigantes de seis manos nacidos de la Tierra. Después de vencerlos, acabaron la fiesta y se despidieron cordialmente de sus anfitriones. Mientras navegaban se levantaron unos feroces vientos en sentido contrario y, sin saberlo, se dirigieron otra vez hacia Arctón. Era de noche, por lo que los habitantes de la zona no los reconocieron y los tomaron por piratas. En el enfrentamiento armado murieron Cícico y muchos de sus súbditos. Al amanecer se descubrió lo que había sucedido y Jasón y los argonautas decidieron celebrar unos espléndidos funerales por los muertos. Después volvieron a partir.

El siguiente destino fue la costa de Misia, donde fueron recibidos con obsequios. Hércules aprovechó el descanso para ir al bosque a buscar un tronco de árbol con el que construir un remo que sustituyera el que había roto durante la travesía.

Por otro lado, su apreciado amigo Hilas fue a buscar agua potable para preparar la comida. Al lado de la apartada fuente se encontró con un grupo de ninfas que bailaban y se susurraban palabras al oído. La belleza del muchacho las había cautivado y lo atrajeron hacia un manantial donde lo sedujeron y convencieron para que se quedara a vivir con ellas.

Como ya hacía mucho que había salido Hilas y nadie sabía nada de él, Hércules, que ya había vuelto del bosque, empezó a buscarlo. Polifemo, otro de los argonautas, le comentó que le había parecido oír gritos y juntos se dirigieron al lugar de donde parecía que provenían. Pasaron la noche buscándolo sin éxito. Al amanecer, el Argos debía partir. Jasón decidió esperar un poco por si regresaban. Después de aguardar un buen rato, decidió zarpar sin ellos. Polifemo acabó fundando una ciudad, Cíos, en los alrededores. Hércules continuó sumando hazañas.

La siguiente parada fue en Bitinia, donde reinaba Ámico, un gigante hijo de Poseidón, el dios de los mares. Era un individuo poco sociable que pasaba por ser el inventor del pugilato[3] o boxeo. Tenía la mala costumbre de recibir a los extranjeros a puñetazos hasta matarlos. Siguiendo su costumbre, los retó a combatir. Si Hércules no se hubiera quedado en Misia, seguro que hubiera sido el primero en dar un paso al frente, pero, como no estaba, hacía falta otro voluntario. Pólux, hijo de Zeus al igual que Hércules, se ofreció.

Ámico le sacaba unos cuantos palmos de altura a su oponente y su fuerza era colosal. Sin embargo, Pólux aprovechó su mayor agilidad y lo acabó venciendo. A cambio de perdonarle la vida, le hizo jurar que a partir de aquel momento respetaría a los extranjeros.

Al día siguiente hicieron escala en la costa de Tracia, en una ciudad donde reinaba Fineo, un adivino ciego, hijo de Poseidón. Zeus lo había castigado por revelar a los humanos las intenciones de los dioses de manera demasiado precisa. Su condena era cruel como pocas: estaba sentenciado a pasar hambre eternamente. Cada vez que sus siervos le ponían manjares encima de la mesa, aparecían las Harpías, monstruos mitad mujer, mitad aves, y arrasaban con todas las viandas y dejaban sus excrementos en su lugar.

[3] *Pugilato:* pelea a puñetazos entre dos o más personas; boxeo.

Los argonautas querían saber cuál sería el resultado de su expedición y le pidieron al adivino que se lo revelara.

—Noble y respetado Fineo, ¿puedes decirnos qué nos depara nuestro destino? ¿Conseguiremos traer de vuelta el vellocino de oro a Yolco? —Jasón interpelaba al vidente como representante de la expedición.

—Admirado Jasón. Conozco vuestro destino, pero antes de sacarlo a la luz tendréis que hacer algo por mí.

Fineo explicó a Jasón y al resto de argonautas a qué tortura estaba expuesto cada vez que quería comer.

—Me parece un buen acuerdo —sentenció el cabecilla del grupo.

Al mediodía, a la hora del almuerzo, se sentó el adivino a la mesa como de costumbre. Al servir los criados las bandejas con la comida, las Harpías entraron volando desde todas partes. Entonces Calais y Zetes, dos argonautas que tenían alas, pues eran hijos de Bóreas, el dios de los vientos del Norte, persiguieron a las bestias aladas armados con sus espadas y lanzas. Las Harpías acabaron agotadas y juraron que no molestarían más a Fineo. De esta manera, pudieron conservar sus vidas y regresaron a su guarida.

Agradecido por haberlo liberado de aquella maldición, Fineo les contó todo lo que le estaba permitido por los dioses sobre su destino. Les avisó del peligro que les aguardaba cuando llegaran a la entrada del Bósforo, un estrecho marítimo entre el mar Negro y el mar de Mármara: unos escollos flotantes que entrechocaban violentamente entre ellos y causaban la desgracia de las embarcaciones que pretendían cruzar por en medio de ellas.

Para evitar tal calamidad, les aconsejó que lo mejor era lanzar una paloma y observar lo que sucedía. En el caso de que el ave pudiera pasar, podrían seguirla sin riesgo. Si los peñascos se cerraban sobre el animal, mejor olvidarse de cruzarlos, pues los dioses no les eran propicios. Después les advirtió sobre otras medidas que deberían tomar durante el resto del viaje.

Los argonautas reanudaron su aventura. Al llegar ante las rocas marinas soltaron una paloma. El animal cruzó entre ellas y solo al final los escollos se cerraron y le arrancaron algunas plumas de la cola. Esperaron a que los peñascos se volvieran a separar y cuando lo hicieron empezaron a remar con brío. Consiguieron franquear el paso, pero la popa del barco quedó ligeramente dañada, como había sucedido con la cola de la paloma. De repente, las rocas se quedaron inmovilizadas, pues los dioses habían dispuesto que cuando un barco consiguiera cruzarlas, dejarían de moverse.

Los argonautas pudieron llegar de esta manera a la ciudad de Mariandinas. El rey Lico los acogió amablemente, incluso los convidó a participar en una cacería. A pesar de todo, la suerte no les fue muy proclive, ya que el adivino Idmón fue herido por un jabalí, y Tifis, el piloto del barco, murió de enfermedad.

La travesía continuó con pequeñas paradas. Al acercarse a un islote, una bandada de pájaros voló sobre el Argos, dejando caer plumas de bronce, que parecían dagas caídas del cielo. Todos los miembros de la tripulación se pusieron los yelmos y la mitad de ellos protegía con los escudos a la otra mitad que remaba. Desembarcaron en el islote, tal como les había recomendado Fineo. Aprovecharon para ahuyentar a todas las aves hasta que no quedó ninguna. Por la noche se levantó una gran tormenta y agradecieron el consejo del adivino y no estar navegando.

Al día siguiente siguieron su trayecto hasta encontrar ante sus ojos la cordillera del Cáucaso. El objetivo de su expedición ya estaba cercano. Tomaron la desembocadura del río Fasis y se dirigieron a la Cólquide. Cuando llegaron, Jasón ordenó ocultar el Argos por si acaso. Después se dirigieron al palacio del monarca Eetes y se presentaron ante el soberano:

—Rey Eetes, soy Jasón y estos que me acompañan son los valientes argonautas. Venimos a cumplir un encargo que nos ha confiado el rey Pelias.

—Sé quiénes sois. Vuestra fama os precede. ¿En qué consiste vuestra misión?

—Venimos a por el vellocino de oro.

—Sabéis que un dragón enorme lo protege, ¿no?

—Sí y estamos preparados para arrebatárselo. Aunque tengamos que arriesgar nuestras vidas.

—De acuerdo, no me opongo a tus intenciones, pero te impongo tres encargos que deberás realizar antes de conseguir el vellocino.

—¿Cuáles? —Jasón ya había llevado a término muchas hazañas como para desistir ahora de su objetivo por tres más.

—El primero consiste en poner, sin ayuda de nadie, el yugo[4] a dos toros de pezuñas de bronce que expulsan fuego por la nariz. Después deberás labrar un campo con ellos y sembrarlo con los dientes de dragón que te daré. El tercer encargo es derrotar, sin usar ninguna arma, al ejército de soldados de piedra que brotará de la tierra tras sembrarla.

La dificultad de los retos hizo temer a Jasón que no conseguiría hacerse con el vellocino de oro. Desde el Olimpo estaban observando la escena y decidieron intervenir. Las diosas Hera, quien disfrazada de anciana había recibido la ayuda de

[4] *Yugo:* instrumento de madera al cual se atan por el cuello las mulas o los bueyes para arar los campos.

Jasón para cruzar el riachuelo, y Atenea, que sentía predilección por los grandes guerreros, pidieron la ayuda de Afrodita y de su hijo Eros para que con una flecha de amor despertara la pasión amorosa de Medea, hija del rey Eetes, por Jasón, y lo ayudara.

Medea era una de las sacerdotisas de la divina Hécate, diosa de la brujería y de la magia. Era la sobrina de Circe y con ella había aprendido los principios de la hechicería.

Desde el primer momento que lo vio, Medea se enamoró locamente de Jasón. Sin embargo, antes de asegurarle su ayuda para superar las tres pruebas, le hizo prometer que a cambio se casaría con ella y se la llevaría con él a Grecia. Jasón se lo prometió. Satisfecha con la respuesta, le entregó un bálsamo mágico con el que debía embadurnarse todo el cuerpo y su escudo antes de enfrentarse a los toros. Esta sustancia volvía invulnerable a los metales y al fuego, aunque los efectos solo duraban un día. También le reveló que para vencer a los guerreros que surgirían de los dientes de dragón debía lanzar una piedra en el centro del batallón. Los soldados no sabrían quién la habría tirado y se culparían los unos a los otros hasta enfrentarse entre ellos y perecer todos.

Los consejos de Medea fueron de gran provecho: Jasón pudo someter a los toros y ponerles el yugo para arar durante todo el día. Por la noche sembró los dientes de dragón, de los cuales brotaron los hombres armados. Arrojó la piedra en el centro del grupo y solo tuvo que esperar a que se mataran entre ellos.

Cuando Jasón comunicó a Eetes que había realizado con éxito las tres pruebas, el rey, en contra de lo que había prometido, se negó a entregarle el vellocino. Incluso lo amenazó con incendiar el Argos y masacrarlos a todos.

El héroe estaba desesperado, pero Medea se ofreció para guiarlos, a él y a un grupo selecto de argonautas, hasta el templo de Ares, donde se encontraba el vellocino de oro. El dragón, una bestia colosal e imponente, estaba pendiente del vellón en todo momento. La hechicera apaciguó al animal con encantamientos hasta dejarlo bien dormido. Jasón desató el vellocino del árbol y corrieron hacia la playa, donde les esperaba el Argos. Con ellos también iba el hermanastro de Medea, Apsirto. Partieron a toda prisa.

Las noticias de lo sucedido llegaron a oídos del rey Eetes, quien envió sus naves de guerra para alcanzarlos y darles muerte. Cuando ya se encontraban muy cerca de los argonautas, Medea hizo que Jasón matara y descuartizara a su hermanastro Apsirto para lanzar sus miembros por la borda. El rey fue parando a recogerlos y de esta manera ganaron tiempo para escapar.

El viaje de regreso a Yolco estuvo lleno de peligros. Una tempestad los llevó hasta la isla de Eea, el reino de Circe, tía de Medea y hechicera como ella. La soberana purificó a Jasón de la atroz matanza que había cometido con Apsirto, pero se negó a acogerlo en su palacio.

La nave reanudó su camino y atravesó el mar de las Sirenas, llamado así porque las sirenas, unos seres con cuerpo de ave y rostro de mujer, atraían a los marineros con sus hipnóticos cantos para conducirlos a la muerte. El peligro lo neutralizó Orfeo, quien con sus cantos melodiosos consiguió que sus compañeros no prestaran atención a la llamada de las criaturas marinas.

Tras pasar por el estrecho de Caribdis y Escila, llegaron a Corcira, donde reinaba Alcínoo. Casualmente, unos cuantos soldados de Eetes habían llegado también a la isla tras su persecución fallida. Fueron a ver a Alcínoo y le pidieron que les fuera

entregada Medea. El monarca se lo pensó largo rato y decidió que accedería si después de examinarla, la joven seguía siendo virgen. En caso contrario, podría permanecer con Jasón, pues este ya sería su marido.

Informados de la decisión real, Jasón y Medea se apresuraron a cumplir con la condición que salvaría a la muchacha de tener que volver con su padre. El monarca no tuvo más remedio que negarse a entregarla.

Al poco de salir de Corcira, una tempestad los arrastró hasta la costa de la actual Libia. Allí tuvieron que transportar el barco a hombros hasta el lago Tritonis. Con el auxilio de Tritón, el dios del lago, encontraron una salida al mar y se dirigieron hacia Creta.

Al desembarcar se encontraron con un gigante llamado Talo, a quien el rey Minos había ordenado que defendiera la isla de los extranjeros. Su manera de hacerlo era muy expeditiva: a la que veía una nave que se acercaba a la orilla, la bombardeaba con las rocas de la playa. Su cuerpo era invulnerable a los ataques con armas, aunque tenía una vena en un tobillo que en el caso de que se le abriera le causaría la muerte irremediablemente.

Medea conocía la debilidad de Talo y lo hizo enloquecer con uno de sus conjuros. El gigante se enfureció y se movió inquieto de un lado a otro hasta que se rasgó el tobillo con una roca y empezó a sangrar. Su muerte fue inmediata.

La tripulación pasó la noche en Creta y al día siguiente zarparon en dirección a Yolco. Al cabo de unos días llegaron a su destino y Jasón entregó el vellocino de oro a Pelias. Este lo tomó, pero se negó a cumplir el trato y a dejar el trono. Por amor a Jasón, Medea consiguió con un conjuro que las propias hijas del soberano lo asesinaran con la promesa de que de esta manera recuperarían la juventud.

Como instigadores del crimen cometido, Jasón y Medea fueron desterrados de Yolco. Se refugiaron en la ciudad de Corinto, donde vivieron juntos y felices durante años, aunque no para siempre: el héroe se acabó enamorando de Creúsa, la hija de Creonte, el rey corintio, y la abandonó.

Celosa, Medea juró vengarse de Jasón, quien le había jurado amor eterno y fidelidad, y no había cumplido su palabra. Hizo entregar a la chica un vestido nupcial para su futura boda. La túnica era preciosa, pero, cuando se la probó Creúsa, el ungüento que había esparcido Medea por toda la tela empezó a abrasarle la piel provocándole la muerte.

Medea no se conformó con la muerte de la prometida de Jasón y también mató a los dos hijos que había engendrado con el héroe. Después marchó para siempre de Yolco. Jasón murió, ya mayor, un día que descansaba a la sombra del Argos y cayeron encima suyo unas maderas carcomidas que se desprendieron de la nave.

Orfeo y Eurídice. Hasta el infierno por amor

Orfeo era hijo de Eagro, rey de Tracia, y de Calíope, una de las nueve Musas, diosas de las diferentes artes. El talento de Orfeo como músico y poeta era reconocido allí donde iba. Sus cantos eran tan dulces que al oírlos incluso las fieras se volvían dóciles y el carácter de las personas más rudas se suavizaba. Entre otros méritos se le reconoce el de haber hecho que la cítara[1], instrumento que con tanto embeleso tocaba, pasara de tener siete cuerdas a contar con nueve.

Cuando Orfeo conoció a la ninfa Eurídice se enamoró locamente de ella. La muchacha tampoco se pudo resistir a los encantos del músico y decidieron casarse. Su felicidad se truncó un día en que la joven paseaba tranquilamente por la orilla de un río y un individuo la empezó a perseguir con intenciones

[1] *Cítara:* instrumento musical antiguo semejante a la lira, pero con caja de resonancia de madera.

perversas. Al huir corriendo pisó una serpiente venenosa y esta la mordió provocando su muerte.

El desconsuelo de su marido fue tan grande que no paró de llorar durante días y noches, hasta que decidió que descendería al reino de Hades y recuperaría a su amada. Cogió su cítara y se dirigió al inframundo.

La entrada del mundo de los muertos estaba custodiada por Cancerbero, el perro feroz de tres cabezas, que no dejaba entrar a los vivos ni salir a los muertos. Sus ladridos eran tan atronadores y sus colmillos tan aterradores que cualquier otra persona hubiera desistido de entrar en el Hades, pero Orfeo hizo lo que mejor sabía hacer: tocó su cítara. El can cayó rendido dócilmente a sus pies.

En el inframundo, los muertos que sentían sus melodías se quedaban cautivados, hasta el punto de que el mismo dios Hades aceptó hacer realidad el deseo de Orfeo y permitió que se llevara con él a su querida Eurídice. Tan solo le puso una condición: Orfeo debía ir delante y no podía girarse a mirarla hasta que ambos hubieran salido al mundo exterior. El muchacho aceptó y emprendieron el camino de vuelta. Cuando ya les quedaba poco para alcanzar la salida y disfrutar de la luz del sol, una duda invadió el corazón de Orfeo: ¿No sería todo un engaño? ¿Realmente le seguía Eurídice? Para comprobarlo se giró y al instante el cuerpo de su amada se desintegró, muriendo por segunda vez.

Orfeo estaba desesperado. Su acción irresponsable, provocada por la desconfianza, les había vuelto a separar. Intentó volver al Hades y recuperarla nuevamente. Sin embargo, en esta ocasión las puertas del inframundo permanecieron cerradas para él. No le quedó más remedio que volver afligido al mundo de los vivos. Tras su muerte, los dioses, conmovidos por su trágica historia, permitieron que la pareja se reuniera en el más allá, donde estarían juntos para siempre.

Teseo, el héroe ateniense

Teseo fue uno de los héroes griegos que llevó a cabo más hazañas. Sus aventuras son comparables a la del mismísimo Hércules. Su padre terrenal, Egeo, rey de Atenas, se había casado dos veces y no había conseguido descendencia. Preocupado por ello, fue al oráculo de Delfos a pedir consejo. Se encontró con una respuesta enigmática: «No desates el odre de vino antes de llegar a la ciudad de Atenas, si no quieres morir de pena un día».

Como no había entendido el mensaje, se fue a ver a Piteo, el rey de la ciudad de Trecén, que tenía fama de adivino. Este comprendió enseguida el sentido de la profecía y se las ingenió para emborrachar a Egeo y hacer que su hija Etra se introdujera en su cama y lo sedujera. Durante aquella misma noche, y a causa de un ensueño enviado por la diosa Atenea, Etra había ido a ofrecer un sacrificio en una isla y Poseidón, el dios de los mares, aprovechó la ocasión para poseerla. A los nueve meses nació

Teseo. No se sabe quién fue su auténtico padre, pero sí que fue Egeo el que asumió las funciones de tal en la práctica.

Los primeros años de su vida los pasó en Trecén. Por seguridad, su padre no se había querido llevar al niño consigo a Atenas. Temía que los Palantidas, sus sobrinos, planearan matarlo si tenían la oportunidad. Antes de partir para su reino, escondió una espada y un par de sandalias bajo una gran roca. Le dijo a la madre de su hijo que no se lo hiciera saber hasta que tuviera suficiente fuerza como para levantarla y coger los objetos que había debajo.

De bien pequeño ya dio muestras de su valor. Cuando tan solo tenía siete años, Hércules visitó al soberano Piteo. Dejó su aterradora piel de león al otro lado de la sala y cuando los niños entraban en la habitación y la veían, creían que era un león con vida y salían corriendo temblando de miedo. El pequeño Teseo, al verla, fue rápido a coger una espada que llevaba uno de los criados y se enfrentó a ella.

Cuando cumplió los dieciséis años, Etra consideró que ya tenía suficiente edad y corpulencia como para revelarle el secreto que le había hecho guardar Egeo. Sin demasiados esfuerzos levantó la roca y cogió los objetos. Puso rumbo a Atenas, sin escuchar el consejo de su madre y de su abuelo que le recomendaron ir en barco, pues la vía terrestre estaba plagada de bandidos y monstruos, quienes habían aprovechado que Hércules, que era esclavo de la reina Ónfale, en Lidia, no los podía detener, para volver a hacer de las suyas. Teseo quería aprovechar que los caminos volvían a ser poco seguros para imitar las hazañas de su admirado Hércules.

Se enfrentó y dio muerte a varios ladrones. Entre estos sobresalía Sinis, un gigante de gran fuerza hijo de Poseidón, quien disfrutaba atando a sus víctimas humanas a un par de pinos que doblaba para soltarlos de repente y despedazar a los desafortunados. Teseo lo mató de la misma manera.

También persiguió y acabó con la vida de una monstruosa cerda salvaje que había matado a muchos habitantes de la ciudad de Cronión y de sus alrededores. Había atemorizado tanto a la gente que nadie se atrevía a salir de casa.

Finalmente llegó a Atenas. Egeo todavía era el rey, pero la sacerdotisa Medea lo tenía sometido a su antojo a base de hechizos. Teseo se presentó ante su padre, aunque sin decir quién era. Su progenitor no lo reconoció, pero Medea adivinó rápidamente su personalidad y alentó al monarca a que lo invitara al banquete que estaban realizando. Esperaba encontrar la ocasión para envenenarlo. Teseo sacó su espada para cortar la carne y el monarca, nervioso y feliz al mismo tiempo, alzó la voz para reconocer a su hijo ante todos. Posteriormente se descubrieron las intenciones de Medea y fue desterrada.

Una vez fue reconocido Teseo como hijo de Egeo y aspirante al trono de Atenas, tuvo que enfrentarse a sus primos los Palántidas, conocidos así por ser hijos de Palante, hermano del monarca. Eran cincuenta y ahora veían que la sucesión real se les escapaba. Decidieron presentar batalla y destronar al soberano. Veinticinco de ellos atacaron la ciudad desde Esfeto, mientras los otros veinticinco se escondieron en Gargeto para sorprender al ejército enemigo por la espalda. Sin embargo, uno de sus mensajeros los traicionó e informó a Teseo de sus intenciones. El héroe atacó al grupo que estaba emboscado y lo aniquiló. Los otros se dispersaron y abandonaron la lucha.

Ahora ya nadie discutiría a Teseo su derecho a heredar el trono de Atenas. A pesar de todo, él estaba deseoso de ir a donde la aventura lo llamara. La ocasión se mostró bien pronto:

Minos, el poderoso rey de Creta, exigía a los habitantes de la ciudad que cada nueve años le entregaran siete jóvenes y siete doncellas, para servir de comida al terrible Minotauro, un monstruo con cuerpo de hombre y cabeza de toro. Era el castigo que debían pagar por la muerte de su hijo Androgeo cuando fue a Atenas a participar en unos juegos y al vencer fue asesinado por unos atletas locales envidiosos de su triunfo.

Teseo se presentó ante su progenitor y reclamó ser uno de los elegidos para ir como tributo a Creta:

—Padre, me he enterado de que ha llegado la hora de enviar otro tributo al rey Minos.

—Es verdad. No tenemos más remedio... Si Creta nos declara la guerra, nos destruirá. Su ejército es uno de los más poderosos de toda Grecia.

—Tengo entendido que si alguno de los enviados consigue matar al Minotauro, Atenas quedará libre de su carga.

—Así es, pero ¿quién puede matar a ese monstruo?

—Yo me ofrezco para intentarlo.

—Hijo, has dado muestras más que sobradas de tu coraje... Sin embargo, no te has enfrentado nunca a una bestia tan sanguinaria como esa. Y no puedo perder al único hijo que tengo.

—¡Confía en mí! Sabes que la población murmura y se queja de que hasta ahora solo se han enviado hijos e hijas de los habitantes más humildes. Como miembros de la realeza debemos dar ejemplo.

—De acuerdo. Por todo lo que más desees, vuelve sano y salvo a Atenas... —La resignación del monarca era evidente en su rostro y en el tono de su voz.

Teseo partió en un barco con los otros trece muchachos y muchachas que habían sido elegidos como tributo. El rey le había entregado dos juegos de velas. Las velas de la ida eran negras en señal de luto, las otras eran blancas y eran para la vuelta, pues no perdía la esperanza de que terminaría regresando.

A su llegada a Creta, Minos los recibió en la playa. El rey se enamoró de una de las chicas y tuvo que ser Teseo quien le parara los pies:

—Rey Minos, como descendiente de Poseidón, es mi obligación proteger a las vírgenes de las intenciones poco honrosas de los tiranos.

—No me parece que Poseidón sea un modelo de respeto hacia las doncellas de las que se encapricha. Además, ¿quién te ha dicho a ti que eres hijo del divino dios del mar? —Mientras decía estas palabras, lanzó un anillo de oro al mar.

—Demuestra tú antes que lo eres de Zeus. —Se había extendido por toda Grecia que Minos era hijo de Zeus, pero nunca se había demostrado.

—Padre, rey del Olimpo, te ruego una prueba de tu paternidad —reclamó Minos.

Solo acabar la súplica, un brillante relámpago apareció en el cielo seguido del estruendo de un trueno.

—Ahí lo tienes. Ahora te toca a ti. Tráeme el anillo que acabo de lanzar al mar.

Teseo se zambulló en el mar y un grupo de delfines lo acompañaron hasta la morada de Poseidón, quien le entregó el anillo de oro que había lanzado Minos. De esta manera, la compañera de expedición del héroe se libró de las intenciones amorosas del rey Minos.

Molesto por los acontecimientos, el monarca los hizo encerrar bien pronto en el palacio del Minotauro, el famoso laberinto. Era conocido con ese nombre porque tenía numerosos pasillos y habitaciones y era muy fácil perderse en su interior. El constructor del edificio fue Dédalo.

Antes de ser recluido en el laberinto, Ariadna, una de las hijas de Minos, se fijó en el héroe ateniense y se enamoró de él. A hurtadillas le entregó un ovillo de lana para que lo atara a la puerta y lo fuera desenrollando a medida que avanzara por las estancias del palacio. Así, una vez muerto el Minotauro, podría encontrar la salida. Ariadna solo había puesto una condición a Teseo por su ayuda: que se casara con ella y que se la llevara con él fuera de Creta.

Cuando el héroe se encontró ante el Minotauro se enfrentaron cuerpo a cuerpo, pues Minos había puesto la condición de que tenían que entrar en el laberinto sin armas. Con una ráfaga de puñetazos mató a su adversario. Para salir siguió el hilo que había desplegado y halló la puerta de salida. Recogió a Ariadna, que le estaba esperando fuera, y partieron en barco junto con los jóvenes atenienses a quienes había salvado la vida.

La primera parada la realizaron en la ciudad de Naxos. Ariadna se durmió y al despertar se dio cuenta de que estaba sola y de que la embarcación se alejaba en el horizonte. Cuando habían llegado a la costa, Dioniso, el dios de la fiesta y el vino, estaba en la playa, y al observar a la joven se quedó prendado de ella y le pidió a Teseo que la dejara con él. Con el tiempo se casaron y fueron a vivir a la morada de los dioses, el Olimpo.

Cuando se aproximaron a Atenas, Teseo, pensativo por todo lo que había pasado con Ariadna, se olvidó de izar las velas blancas y entraron en el puerto con las negras. Egeo vio las oscuras velas desde lo alto de la Acrópolis y supuso que su hijo había muerto. Desesperado, se lanzó al mar desde el acantilado y se ahogó. Desde entonces esas aguas llevan el nombre de mar Egeo.

Tras la muerte de su padre, Teseo fue nombrado nuevo soberano de Atenas. Bajo su gobierno mejoró la vida de la población y fue el primer monarca ateniense que acuñó monedas.

Sin embargo, lo que a él le apasionaba no era sentarse en un trono, sino vivir aventuras.

En una ocasión visitó al pueblo de las amazonas, como había hecho anteriormente Hércules. Era un país habitado por mujeres que tenían fama de ser temibles guerreras. El héroe y sus compañeros fueron bien acogidos y obsequiados con múltiples regalos. Una de las jóvenes, Antíope, se mostró especialmente hospitalaria con Teseo, y este la invitó a acompañarlo a su nave. Cuando ya había subido al barco, levantaron anclas y zarparon contra la voluntad de la muchacha. Sus compañeras, al enterarse de que Antíope había sido raptada, se dirigieron a Atenas. Al pie de la Acrópolis tuvo lugar la batalla decisiva, que quedó en tablas, y no tuvieron más remedio que firmar la paz. Antíope combatió al lado de Teseo y perdió la vida luchando contra sus antiguas compañeras. Juntos tuvieron un hijo varón, Hipólito.

Con los años Teseo se casó con otra mujer, Fedra, hija de Minos, el rey de Creta. De su unión nacieron dos niños. Sin embargo, de quien Fedra se enamoró locamente fue de Hipólito, su apuesto hijastro. Se le declaró, pero solo obtuvo negativas a sus propuestas amorosas. Ofendida, fue a ver a su esposo y le dijo que era Hipólito quien insistía en mantener relaciones con ella. El rey entró en cólera y le rogó a su padre el dios Poseidón que interviniera, pues no quería matar él mismo a su propio hijo. La divinidad de las aguas envió un monstruo marino que atacó a Hipólito mientras conducía su carro a orillas del mar. El ataque por sorpresa causó la muerte del joven.

Teseo entabló una gran amistad con Pirítoo, el rey de los lapitas, aunque su primer encuentro no empezó del todo bien. Pirítoo había oído las hazañas del héroe ateniense y sentía envidia de él: aunque también era hijo de un dios, de Zeus, no había alcanzado ni mucho menos tanta gloria. Para ponerlo a prueba, robó unos cuantos animales de los rebaños que Teseo poseía en la región de Maratón. Cuando finalmente se encontraron, todo hacía pensar que resolverían el conflicto a puñetazos, pero Pirítoo aceptó rápidamente su culpa y Teseo lo disculpó de inmediato. Se dieron un fuerte abrazo y se prometieron que a partir de aquel momento realizarían juntos sus hazañas.

Como muestra de su afecto, Pirítoo convidó al ateniense a su boda con Hipodamía. A la ceremonia acudieron los centauros, pues eran parientes de la novia. El vino y la música hicieron perder los estribos a las feroces criaturas mitad hombre, mitad caballo e intentaron raptar a Hipodamía y a muchas de las mujeres presentes. El novio, los lapitas y el resto de invitados, con Teseo al frente, se enfrentaron a los secuestradores y mataron a muchos de ellos.

El amor de los héroes es intenso pero de corta duración, y el de Pirítoo fue también una buena muestra de ello. A los pocos años de casarse, juró con Teseo que ambos tomarían por esposa a una hija del más poderoso de los dioses, Zeus.

La primera de sus víctimas fue Helena, la que sería con el tiempo reina de Esparta y provocaría, sin quererlo, la guerra de Troya. Era ella muy jovencita cuando Teseo y Pirítoo se la encontraron mientras ofrecía un sacrificio a la diosa Artemisa, en Laconia. La raptaron y se la jugaron a suertes: el vencedor fue Teseo. Cuando la llevó consigo a su ciudad, los habitantes de Atenas se opusieron a recibir a la doncella, pues temían las represalias de los espartanos. Teseo no tuvo más remedio que llevarla a la ciudad de Afidna, con su madre Etra. Los hermanos de Helena, Cástor y Pólux, conocidos como los Dioscuros, la rescataron y la volvieron con su familia.

Mientras tanto, Teseo y Pirítoo habían partido al inframundo a la conquista de Perséfone, pues se habían propuesto raptar a otra de las hijas de Zeus. Hades, el dios de los infiernos y esposo de Perséfone, los recibió con aparente amabilidad y los invitó a sentarse en su mesa para celebrar un banquete.

Sin saberlo, se sentaron en las Sillas del Olvido que les había ofrecido Hades. Cuando descansaron en ellas, estas se convirtieron en su propia carne y, por mucho que lo intentaron, no pudieron levantarse. El dios del inframundo los había engañado y ahora eran sus prisioneros. Permanecieron en este estado hasta que al cabo de unos años Hércules bajó a los infiernos por otros asuntos y se los encontró en la misma posición. Los reconoció enseguida y, tras escuchar sus súplicas, persuadió a Perséfone para que le permitiese subir a ambos al mundo terrenal si conseguía arrancarlos de sus asientos.

Hércules primero cogió a Teseo por las manos y con todas sus fuerzas consiguió liberarlo de la silla. Un grito estremecedor salió de la boca del ateniense, pues una buena parte de su carne se quedó pegada al asiento. Después lo intentó con Pirítoo, pero la tierra tembló y no tuvo más remedio que dejarlo como estaba.

Teseo decidió que era el momento de regresar a Atenas y ejercer como rey. Cuando llegó a la ciudad todo había cambiado y le fue imposible gobernar. Varios bandos rivales se repartían el poder. Harto de la situación, decidió que lo mejor para él era el destierro. Se dirigió a la isla de Esciros, donde el monarca Licomedes lo acogió. Una mañana, con la excusa de mostrarle una panorámica de la isla, lo llevó a la cima de un acantilado y, cuando estaba confiado y desprevenido, lo empujó a traición desde lo alto. Transcurridos muchos años, los restos del héroe fueron enterrados en Atenas.

Faetón, el hijo imprudente

Faetón era el hijo de Helios, el dios Sol, y de Clímene, una titánide. La pareja duró poco y la madre cuidó sola de la criatura. El niño creció ignorando quién era su progenitor. Cuando llegó a la adolescencia se le despertó el interés por saber quién era su padre. Clímene no tuvo más remedio que decírselo. Lo primero que hizo al descubrirlo fue presumir de padre ante sus amigos:

—¿Sabéis qué me ha dicho hoy mi madre?

—¿Qué? —dijeron todos los compañeros al unísono.

—¡Que soy hijo de Helios! —Mientras pronunciaba el nombre de su progenitor se hinchaba de orgullo como un globo.

—¡Te lo acabas de inventar! Como sabes que soy hijo de Zeus, tú no quieres ser menos y te has inventado el primer dios que te ha venido a la cabeza… —afirmó Épafo, el que pasaba por ser el mejor amigo de Faetón.

—¿No me crees? Le pediré a Helios una prueba de que soy su hijo y tendréis que creerme.

En este punto finalizó la conversación entre el muchacho y sus amigos. Faetón estaba decidido a hacer una visita a su padre y a pedirle una evidencia de que su madre no le mentía. Lo buscó al atardecer, pues por la mañana brillaba tanto que era casi imposible mantener la vista fijada en él, el brillante dios Sol. El interrogatorio no duró mucho:

—Divino Helios. Me gustaría preguntarte algo.

—No tengo mucho tiempo. Acabo de hacer mi ronda diaria y debo descansar para mañana volver a hacer lo mismo que hoy y que toda la eternidad. Sin mí la vida en la Tierra desaparecería.

—Lo sé y por eso te admiro tanto.

—¿Qué quieres saber?

Antes de hablar, Faetón se lo pensó un momento. Si la respuesta era negativa, se moriría de vergüenza. Sus compañeros se burlarían de él durante días. Al final se atrevió.

—¡Mi madre dice que soy tu hijo! —Al decirlo sintió que se había sacado un peso de encima.

—¿Quién es tu madre?

—¡Clímene! La titánide Clímene es mi madre.

—¡A ella sí que la recuerdo! Nuestro idilio me trae buenos recuerdos… Ahora que ya sabes que soy tu padre, ¿deseas algo más?

—¡Una prueba! Mis amigos no me creyeron cuando se lo dije.

—¿Qué tipo de prueba?

—He pensado que… me dejes conducir tu carro. Solo un día.

—Ni pensarlo. Es muy arriesgado. Si no controlas los caballos, puedes chamuscarte y tu madre no me lo perdonaría.

—Tú puedes enseñarme. ¿Para qué están los padres?

—De acuerdo. Espero no arrepentirme. —Los ruegos de Faetón y su rostro suplicante doblegaron la negativa inicial de Helios.

A la mañana siguiente, Helios le impartió primero unas cuantas recomendaciones y después le permitió que se subiera al carro solar para guiar al astro rey alrededor de la Tierra. Los caballos empezaron a correr hasta alzarse y volar cada vez más arriba. Rápidamente alcanzaron el camino trazado en la bóveda celeste. El muchacho estaba orgulloso de sí mismo hasta que miró hacia abajo y un gran terror se apoderó de él a causa de la altura. Los corceles pronto se dieron cuenta de que el auriga no era el experto Helios, sino un novato, y empezaron a dar tumbos. Primero se acercaron mucho a la Tierra e incendiaron vastas regiones, creando nuevos desiertos. Después subieron demasiado y otras zonas de la Tierra se congelaron.

Estaba claro que Faetón era un peligro para la Tierra y sus habitantes. Los dioses exigieron a Zeus que tomara cartas en el asunto, y este lanzó uno de sus rayos para fulminar al chico, cuyo cadáver acabó en las profundidades del río Erídano.

Las hermanas de Faetón, las Helíades, recogieron su cuerpo y le rindieron honores fúnebres. Sus lloros las acabaron convirtiendo en álamos.

Orión, el cazador cazado

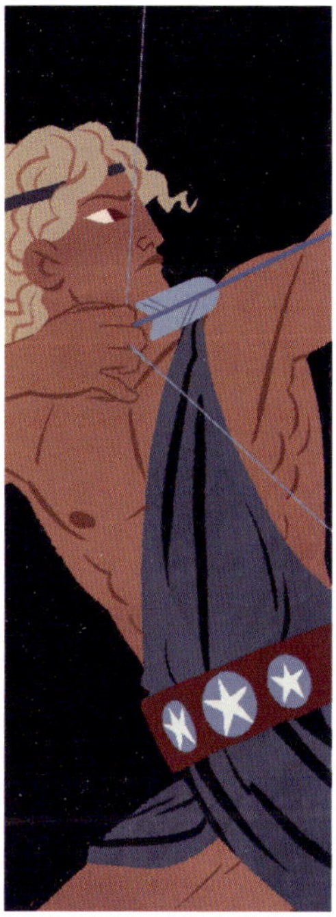

Orión fue un gigante muy hábil cazando. Su padre era Poseidón, el dios de los mares, y su madre, Euríale, hija de Minos, el rey de Creta. Su belleza era extraordinaria y su fuerza prodigiosa. Poseidón le había otorgado la facultad de poder andar por encima de las aguas.

Su primera mujer fue Side. Era tan bella como arrogante y su atrevimiento la llevó a compararse con la mismísima diosa Hera. La esposa de Zeus zanjó el tema enviándola al Hades, con los muertos.

Tras el funesto suceso, Orión decidió trasladarse a Quíos. El rey de la isla, Enopión, al observar la buena planta del muchacho, le encargó un trabajo: eliminar a las fieras que torturaban a los habitantes y a los rebaños de la isla. A cambio, le ofrecía la mano de su hija Mérope.

Cada atardecer el joven llevaba a la chica las pieles de los animales que había cazado durante la jornada. Cuando acabó su tarea y la isla estaba libre de fieras, fue a ver al soberano a reclamar lo que le había prometido. Enopión se negó a concedérselo, pues, según él, había rumores de que osos y lobos aún merodeaban por las colinas.

Orión bebió aquella noche hasta emborracharse. Se sentía engañado. Él había cumplido su parte del trato y le habían negado su recompensa. Llevado por la cólera, fue a buscar a Mérope a su dormitorio y la obligó a acostarse con él.

La noticia no tardó en llegar a oídos de Enopión. Quería vengarse como fuera del gigante, pero Orión no era un rival fácil de vencer. Se le ocurrió que lo mejor que podía hacer era pedir consejo a Dioniso, su padre y a la vez el dios del vino y de la diversión. Este le indicó lo que debía hacer. Primero envió a algunos sátiros de su séquito a emborrachar aún más al gigante. Los sátiros solo pensaban en divertirse, solían ir desnudos y tenían un aspecto grotesco y las orejas puntiagudas.

Aunque Orión podía beber mucho debido a su colosal tamaño, también le llegó el momento en que el alcohol lo tiró al suelo, y quedó profundamente dormido en la orilla del mar. Era el momento esperado por Enopión para actuar. Aprovechó la indefensión de Orión y con una estaca de madera lo cegó de los dos ojos.

El gigante gritó de dolor y, cuando se dio cuenta de su desgracia, pidió consejo al oráculo y este le anunció que solo recuperaría la vista si viajaba hacia el este y dirigía las cuencas vacías de sus ojos hacia el Sol en el punto exacto en que este asoma por la mañana en el océano. Fue al taller de Hefesto, el dios de la forja, para pedirle que le dejara a Cedalión, su pequeño ayudante, para que le guiara. Se colocó el niño sobre sus hombros y juntos fueron hacia el este.

Al final llegaron al lugar más remoto del océano y Orión hizo lo que el oráculo le había indicado. Recobró la vista de inmediato.

Después devolvió a Cedalión con el divino Hefesto y puso rumbo a Quíos dispuesto a vengarse. Sin embargo, no pudo ajustar cuentas con Enopión, pues se había escondido en una cámara subterránea construida por Hefesto.

Se dirigió a Creta convencido de que el huidizo monarca había ido allí para conseguir la protección del poderoso rey Minos, su abuelo. No lo encontró, pero a quien sí halló fue a Artemisa. Como los dos compartían la pasión por la caza, a la diosa no le costó mucho convencer al héroe de ir juntos de cacería al bosque. Ambos rivalizaban en puntería y eran muy sagaces persiguiendo a sus presas.

Mientras el dios Apolo observaba a la pareja, notó que los celos se apoderaban de él. No soportaba la relación tan amigable de su hermana con el gigante y decidió actuar: envió un enorme escorpión para que atacara a Orión. Cuando este lo vio acercarse, le disparó una flecha, pero rebotó en su caparazón. Después lo intentó con su espada y el resultado fue el mismo. Desesperado, se lanzó al mar esperando que el animal no se atreviera a mojarse, y así fue. Sin embargo, Apolo continuó con su plan y, mientras el gigante se alejaba nadando, le dijo a Artemisa lo siguiente:

—Hermana, ¿ves a ese individuo que se aleja mar adentro?

—Desde aquí no puedo apreciar quién es.

—Es Candaón, un miserable que acaba de seducir a una de tus sacerdotisas. —Apolo no engañaba del todo a Artemisa, pues el gigante era conocido con ese apodo en la región de Beocia.

—¿Es verdad lo que me dices? —La diosa no se lo acababa de creer.

—Claro que sí. ¡Te desafío a que lo atravieses con una de tus flechas! ¡Demuéstrame que aún eres la mejor cazando!

Artemisa aceptó el reto y se dispuso a tensar su arco. Después colocó la flecha, apuntó y disparó. Orión murió al instante. Cuando recogió el cuerpo del agua se dio cuenta del engaño. La diosa, triste por lo que había hecho, suplicó a Zeus que colocara la figura del héroe entre las estrellas. El rey del Olimpo le hizo caso, pero también elevó la figura del escorpión, la cual siempre persigue a la de Orión.

El rapto de Europa

Europa era una bella princesa. Sus padres, Agenor y Telefasa, eran los reyes de Fenicia. Zeus, famoso por sus aventuras amorosas, no tardó en darse cuenta de que la muchacha era muy atractiva y empezó a cavilar la manera de seducirla. No le iba a ser sencillo, pues Agenor había ordenado que miembros de su guardia no la dejaran nunca a solas y que la vigilaran por turnos.

A pesar de todo y gracias a su insistencia, consiguió su objetivo. Una mañana, Europa y sus doncellas de compañía se dirigieron a la playa para jugar y divertirse. Los soldados guardaban las distancias con las chicas y las observaban de reojo mientras hablaban de sus asuntos.

Parecía el momento oportuno de actuar, pero no podía acercarse a ella con su aspecto divino, puesto que se asustaría y saldría corriendo. Así pues, debía cambiar su imagen por otra que no creara rechazo en la joven. Optó por metamorfosearse en un toro, en un majestuoso toro blanco.

Por otra parte, convenció a Hermes, el dios del comercio y de la cría de animales, de que llevara a pastar un rebaño vacuno por la zona. De esta manera su presencia en forma de toro pasaría más desapercibida.

En un principio, Europa miró con desconfianza al animal, pero como este parecía manso e inofensivo aceptó que se le acercara y se tumbara a sus pies. Después de acariciarlo un rato y de ponerle guirnaldas de flores en los cuernos, se atrevió a sentarse en su espalda.

Al primer contacto del cuerpo de la muchacha en su lomo, el animal se alzó y se dirigió corriendo hacia el mar. Europa se aferró con sus manos a las astas del toro mientras gritaba aterrorizada. Los soldados no se dieron cuenta de lo que sucedía hasta que observaron cómo el toro sorteaba las olas y se alejaba de la orilla.

Zeus y la princesa llegaron a Creta y el dios aprovechó para mostrarle su verdadero semblante a la joven. Residieron unos cuantos años en la isla y tuvieron tres niños. Cuando el rey Agenor supo la noticia del secuestro de su hija entró en cólera y mandó a sus hijos que partieran en busca de su hermana y que no volvieran hasta encontrarla. No pudieron regresar a su tierra, pues Zeus lo dispuso todo para que no los encontraran.

Con el paso de los años, el rey de los dioses olímpicos sintió que ya había llegado el momento de partir y de tener nuevas aventuras. Para no dejar sola a Europa y sus hijos, no se le ocurrió otra idea que casarla con el rey de Creta, Asterión, y, como no había manera de que tuvieran descendencia, este adoptó a los tres retoños de Zeus.

Cuando Europa murió, Zeus se apiadó de ella y le concedió honores divinos. La forma de toro, que le había sido tan útil para conocerse, fue elevada al cielo para convertirse en una constelación del zodiaco.

Ganímedes, el copero de Zeus

Ganímedes era hijo del rey Tros, monarca que dio nombre a la ciudad de Troya. Su ocupación principal era atender de los rebaños de su padre. Era tanta su hermosura que pasaba por ser el más bello de los mortales.

Una mañana, mientras hacía de pastor, fue visto por Zeus y este sintió una pasión irrefrenable por él. Decidió que tenía que raptarlo como fuera. Lo primero era decidir qué forma adquiriría para hacerlo. No podía presentarse con su aspecto divino, ya que podía matarlo con su resplandor.

Después de desechar otras apariencias animales porque ya las había utilizado anteriormente, llegó a la conclusión de que la de águila era la mejor, pues era su ave favorita. Bajó del cielo metamorfoseado en este animal alado, atrapó al muchacho con sus garras y se lo llevó por los aires.

Para compensar al monarca Tros por la pérdida de su hijo, ordenó a Hermes, el dios mensajero, que le regalara una vid de oro realizada por Hefesto y dos caballos de pura raza. También le hizo saber que el joven era ahora inmortal y que no estaría sometido a las miserias de la vejez.

Una vez llegados al Olimpo, Zeus presentó su nueva conquista al resto de dioses. Hera, su mujer, entró en cólera, y más cuando supo que lo quería convertir en el copero de los dioses:

—¿Cómo te atreves, Zeus, a traerte un amante a nuestro reino? Llevo tiempo soportando tus infidelidades, pero hasta ahora siempre se habían quedado en la Tierra. Bueno, si dejamos de lado a Hércules, a quien he apreciado con el tiempo.

—Esposa mía. Mi amor por ti es irremplazable, pero el universo está lleno de tentaciones que me hacen sucumbir…

—Y encima quieres que sea el copero de todos nosotros… ¿No te acuerdas que Hebe, nuestra hija, ha sido la responsable hasta ahora de esta tarea?

—Ya encontraré un trabajo nuevo para Hebe, no te preocupes.

Hera se fue refunfuñando al otro rincón del Olimpo, para no ver más a su marido y a su nuevo amigo. Zeus ni se enteró.

El muchacho fue a partir de aquel momento el responsable de escanciar el néctar, la bebida de los dioses, en la copa de Zeus y en las del resto de divinidades. El rey del Olimpo estaba tan contento con Ganímedes que decidió que el águila, animal con cuya forma lo había raptado, se transformara en una nueva constelación.

Apolo y Dafne, o amor no correspondido

Apolo era hijo de Zeus, el dios más poderoso de todos, y de Leto, una titánide o, lo que es lo mismo, una divinidad anterior a las que acabaron habitando el Olimpo. Zeus no se podía estar quieto y, a pesar de estar casado con Hera, se enamoró una vez más de otra mujer. Hera era la diosa consorte de Zeus y, para hacerlo todo más complicado, la patrona del matrimonio y de la maternidad. Su marido la engañaba tanto como podía, y los celos llevaban a Hera a hacer la vida imposible a las amantes de su esposo, que por regla general solían quedarse embarazadas después de sus escarceos amorosos con el dios.

Leto también sufrió la persecución de Hera y, seguramente por este motivo, Apolo nació antes de tiempo. El parto duró nueve días y nueve noches y no alumbró un único niño, sino dos, pues Artemisa, la diosa de la caza, es la hermana gemela de Apolo.

Apolo era un joven apuesto, alto y musculado, y sus cabellos formaban hermosos bucles. A pesar del paso de los años, siempre conservaba su aspecto juvenil. No era extraño que tuviera múltiples y variados amoríos. Tanto con hombres como con mujeres. El más sonado de sus flirteos fue con Dafne, una ninfa del bosque hija de Peneo, un dios fluvial.

Un día Apolo observó cómo Eros, el dios del amor y de la atracción sexual, se ejercitaba con un arco. En tono burlesco le dijo que tales actividades eran propias de un arquero reputado como él mismo y no de un niño como Eros. Estas palabras molestaron tanto a la pequeña divinidad que decidió dar un escarmiento al engreído hijo de Zeus. Cogió dos flechas. Una de oro y otra de plomo. La primera causaba amor irrefrenable en quien lastimaba y la segunda provocaba un fuerte rechazo hacia la primera persona que se veía tras ser herido con ella. La dorada impactó en Apolo y la otra en Dafne. El resultado no se hizo esperar, Apolo se enamoró perdidamente de Dafne, mientras que ella no soportaría jamás la presencia del dios.

El hechizo lanzado por Eros hacía que Apolo estuviera siempre acosando a la bella ninfa allá donde fuera, mientras le tocaba bellas melodías con la lira, instrumento que dominaba como el más excelente de los músicos. Aun así, siempre recibía una negativa a sus requerimientos amorosos.

Dafne, harta de la persecución, decidió esconderse en el bosque, pero el dios la encontró y la persiguió. La ninfa intentaba correr tanto como podía, pero Apolo recortaba las distancias cada vez más. Como último recurso y agotada por el esfuerzo, le rogó a su padre, el dios Peneo, que la metamorfoseara para así poder escapar del abrazo del dios. Su progenitor hizo realidad su ruego y, al más leve contacto de la mano de Apolo con el cuerpo de Dafne, esta se convirtió en un laurel. A partir de aquel día este árbol se consagra a Apolo y es el símbolo del triunfo.

Sísifo y el castigo por engañar a los dioses

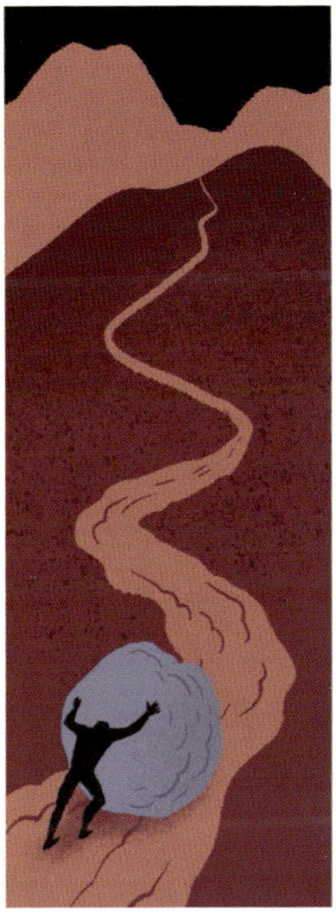

Sísifo destacaba por ser uno de los mortales más astutos que hayan existido y por tener menos escrúpulos que la mayoría de la gente. Fundó la ciudad de Corinto y sus engaños fueron tan legendarios que incluso los dioses fueron víctimas de ellos.

En una ocasión tuvo que hacer frente a Autólico, un personaje que fue maestro de lucha de Hércules y reconocido ladrón, pero que era aún más temible por su capacidad de metamorfosear a cualquier animal cambiándole el color, poniéndole o sacándole cuernos, o lo que hiciera falta.

Sísifo y Autólico eran vecinos y ambos tenían rebaños vacunos. Mientras los animales del primero disminuían de manera constante, los del segundo no paraban de crecer. Sísifo sospechaba que Autólico tenía algo que ver con lo que sucedía, pero no sabía cómo demostrarlo. Tras meditarlo, se le ocurrió grabar en la parte inferior de las pezuñas de sus animales las primeras dos consonantes de su nombre: SS. Al día siguiente,el rastro de las letras marcadas en el suelo le condujeron al establo de su vecino. De esta manera pudo descubrir al causante de los robos que había sufrido durante tiempo.

Su venganza no se hizo esperar. Aquella misma noche se casaba Anticlea, hija de Autólico, con Laertes. Sísifo sedujo a la chica, y al cabo de nueve meses esta dio a luz a un niño, que sería conocido como Ulises y que todavía sería más astuto que su progenitor.

En otra ocasión, Sísifo observó cómo Zeus raptaba a la ninfa Egina. Cuando el padre de la chica, el dios fluvial Asopo, se presentó ante Sísifo y le preguntó si sabía quién la había secuestrado, el contestó que sí, pero que a cambio de su nombre quería que hiciera brotar una fuente al lado del templo de Afrodita en Corinto. Asopo así lo hizo y Sísifo no tuvo reparos en revelar el nombre del rey de los dioses del Olimpo.

Al enterarse de lo que había sucedido, Zeus entró en cólera. Para vengarse, envió a Tánatos, el dios de la muerte, para que lo matase. Sísifo le tendió una trampa y tuvo encadenado a Tánatos durante unos días. Durante este período de tiempo ningún hombre murió. Al final tuvo que ser Zeus quien liberase al señor de la muerte para que todo volviera a la normalidad. Y, como no podía ser de otra manera, el primero en sufrir los designios de Tánatos fue el mismo Sísifo.

Aun así, no se resignó a su muerte. Como ya sabía lo que le esperaba, antes de morir le dijo a su mujer que no le dedicara ninguna ceremonia fúnebre. Cuando llegó a los Infiernos, Hades, el dios responsable de los muertos, le preguntó por qué motivo se presentaba de esa manera, sin los honores que se merecen todos los fallecidos, y Sísifo culpó a su mujer de ser impía y de no rendirle el reconocimiento merecido. El dios se indignó hasta tal punto que le permitió volver a la tierra para castigarla.

No hace falta decir que Sísifo aprovechó la ocasión para no volver a pisar los Infiernos hasta su muerte definitiva. Sin embargo, cuando esta llegó, Hades le preparó una tarea que lo tuviera bien ocupado para así evitar que planeara una nueva fuga: su escarmiento consistió en empujar una enorme roca hasta la cima de una cuesta muy pronunciada, pero cada vez que estaba a punto de alcanzar la cumbre, la roca volvía a rodar hacia abajo, obligando a Sísifo a empezar de nuevo aquella tarea imposible de completar. Y así su castigo duró eternamente.

El origen de la guerra de Troya. Tres diosas y una manzana

Paris fue el segundo hijo que tuvieron Príamo y Hécuba, los reyes de Troya. Cuando su madre estaba encinta y esperaba el nacimiento del chico supo por el oráculo que el pequeño causaría la perdición de la ciudad. No se atrevió a matarlo y convenció a Príamo para que llamara a Agelao, uno de los pastores de la zona, para que lo hiciera él. Este tampoco tuvo suficientes agallas para hacerlo y abandonó al recién nacido en el monte Ida, donde una osa lo amamantó.

Al cabo de cinco días volvió el pastor a la zona y al ver la escena se quedó sorprendido y decidió llevarse al bebé a su casa, donde se criaría junto a su propio hijo.

El muchacho creció y se acabó convirtiendo en un joven con una belleza y una fuerza extraordinarias. Ayudaba a su padre adoptivo en sus tareas de pastor y en más de una ocasión había protegido con éxito los rebaños de los ataques de los ladrones.

La fama de los toros de Agelao era tan grande que Príamo envió a sus sirvientes en busca de uno. Sería el premio en los Juegos Fúnebres que se celebraban cada año en honor de su difunto hijo, es decir, Paris. Mientras los enviados del rey se llevaban al mejor ejemplar, el joven sintió el deseo irrefrenable de asistir a los juegos y los acompañó hasta Troya.

El muchacho no tenía bastante con ver las competiciones y decidió apuntarse a algunas pruebas. En la de pugilato venció y se llevó la corona. Hizo lo mismo en la de carrera pedestre[1], donde ganó a algunos de sus hermanos, que ignoraban los lazos de sangre comunes. Uno de ellos, Deífobo, avergonzado por haber perdido, cogió la espada y lo persiguió con la intención de darle muerte. Paris corrió a refugiarse en el templo de Zeus, mientras su hermana, Casandra, que era adivina, lo reconoció y descubrió su auténtica identidad a todos los presentes.

Príamo y Hécabe, felices por encontrar al hijo que creían muerto, lo acogieron en su palacio como uno más de sus descendientes. En su honor celebraron un banquete que fue recordado durante mucho tiempo.

Mientras tanto, los dioses del Olimpo estaban reunidos celebrando el matrimonio de la nereida Tetis y el héroe Peleo, los padres del futuro Aquiles. No todas las divinidades habían sido invitadas. Éride, la diosa de la discordia, no lo había sido para evitar que hiciera alguna de las suyas. A pesar de todo, se presentó a la ceremonia y como venganza por no ser convidada tiró en medio de todos los presentes una mazana de oro y pronunció unas palabras que despertaron, evidentemente, la discordia.

—Para la más hermosa de las diosas —anunció mientras miraba de reojo a Atenea, Hera y Afrodita.

[1] La que se hace a pie.

—Creo que se refiere a mí. Por algo soy la divinidad del amor —dijo Afrodita mientras se disponía a recoger la fruta del suelo.

—Ni se te ocurra. La más bella soy yo —aseguró Atenea, acercándose a la manzana.

—Muchachas... Sois ambas muy bellas, pero creo que Zeus me dará la razón si os digo que la más bella soy yo. Por algo se casó conmigo el rey de todos los dioses. ¿Me equivoco, esposo mío?

Zeus no sabía dónde mirar. Las tres deidades lo observaban y esperaban una respuesta favorable a sus intereses. Con diplomacia evitó decidirse por ninguna de ellas.

—¡Qué bellas que sois las tres! Sin embargo, mis vínculos con vosotras no me permiten ser un juez justo, por lo que he decidido que... Hermes, guiarás a Hera, Atenea y Afrodita al monte Ida, para que el mortal y hermoso Paris decida.

El muchacho se encontraba en aquel momento en el monte cuidando del rebaño de su padre. Cuando vio que las tres diosas se le acercaban, intentó salir corriendo, pero Hermes lo detuvo, lo tranquilizó y le explicó lo que se esperaba de él. Las divinidades defendieron su causa por turnos. La primera fue Hera:

—Noble Paris. ¿Sabes quién soy yo? Soy la esposa de Zeus, Hera, y mi poder es casi tan grande como el de mi marido. Si decides que soy yo la más bella, el imperio de toda Asia será tuyo.

—Ahora me toca a mí. Soy Atenea, la diosa de la guerra y de la sabiduría. Si me votas a mí, te concederé la victoria en todos tus combates.

—Grandes promesas te han hecho, pero la mía es la que más deseas: el amor incondicional de la mujer más bella que pisa la tierra, Helena de Esparta —dijo Afrodita, convencida de que su proposición era irrechazable.

Paris no tuvo ninguna duda, le ofreció la manzana de oro a Afrodita.

La promesa de Afrodita solo tenía un pequeño inconveniente: Helena era la esposa de Menelao, el rey de una de las ciudades griegas más belicosas y ricas, Esparta. Como es de suponer, el monarca no aceptaría de buen grado que otro lo dejara sin su mujer, y más siendo la más hermosa de todas.

Helena era hija de Zeus y de Leda, la hija del monarca de Etolia. El rey del Olimpo se enamoró de la princesa y se metamorfoseó en un cisne para conseguir su consentimiento. Tras nueve meses de relación, Leda puso dos huevos: del primero surgieron Cástor y Clitemestra, hijos del esposo de Leda, Tindáreo; del segundo, Helena y Pólux, descendientes de Zeus.

Cuando Helena alcanzó la edad de casarse, Tindáreo lo hizo saber a los diferentes príncipes de Grecia. Se presentaron una multitud de pretendientes. Tindáreo se temió que al solo poder elegir uno entre todos ellos, el resto se enemistara con él y su reino. La solución la aportó el más astuto de todos los cortejadores, Ulises, quien propuso que todos los presentes jurasen aceptar la decisión de Helena y acudir en ayuda del elegido en el caso de que su mujer le fuera disputada. Todos los candidatos aceptaron la propuesta y Ulises obtuvo a cambio la mano de Penélope, prima de Helena. La radiante joven escogió finalmente a Menelao y los restantes príncipes tuvieron que acatar su decisión.

Con la intención de conquistar a Helena, Paris formó parte de una expedición comercial troyana a Esparta. Menelao lo acogió hospitalariamente y le presentó a su mujer. Paris quedó prendado de ella con solo verla. Como tenía que ir a Creta para asistir a unos funerales, Menelao dejó a Helena a cargo del reino y con el encargo de tratar lo mejor posible a los invitados. Los encantos de Paris y la colaboración de Afrodita no tardaron en conquistar a la reina. Una noche huyeron juntos hacia Troya. Helena dejó en Esparta a su hija Hermíone. A su llegada a Troya fueron bien recibidos por Príamo y por gran parte de su familia.

Cuando Menelao regresó de su viaje y constató que su esposa se había fugado con Paris, recordó al resto de casas reales griegas su juramento, y juntas, bajo el mandato de Agamenón, hermano de Menelao y rey de Micenas, se dirigieron a Troya a recuperarla. Así empezó la guerra de Troya, que duraría diez años.

Aquiles y su talón

Aquiles era hijo de Peleo, rey de los mirmidones, incansables guerreros, y de la diosa Tetis. Su madre, como inmortal que era, estaba preocupada porque su hijo era humano y, por tanto, mortal. Para remediarlo lo sumergió recién nacido en las aguas del río Estigia, que tenía fama de convertir en invulnerables a quienes se introducían en él. Lo zambulló cogiéndolo por el talón y, sin saberlo, lo dejó así desprotegido en esa parte de su cuerpo.

La infancia del héroe griego transcurrió bajo la tutela del centauro Quirón, un ser medio hombre, medio caballo, que resaltaba por su inteligencia y por sus habilidades guerreras. Aquiles fue uno de sus alumnos más aventajados. Desde joven destacó por ser más veloz que nadie, por lo que fue conocido como «el de los pies ligeros».

Otro acontecimiento cambiaría su vida radicalmente: la guerra de Troya. El conflicto militar duró diez años y le reportó la gloria a Aquiles. Todo empezó con el rapto de Helena, la mujer más bella de todas y esposa de Menelao, rey de Esparta, llevado a cabo por Paris, príncipe de Troya. Los griegos se tomaron el suceso como una afrenta y se dirigieron hacia la ciudad asiática con el fin de rescatarla. Las tropas helenas estaban comandadas por Agamenón, rey de Micenas y hermano de Menelao.

Tetis estaba en contra de que su hijo fuera a la guerra. Conocedora de una profecía, advirtió a Aquiles del fin que le aguardaba: si iba a Troya, su fama sería inmensa, pero breve su vida; si se quedaba, viviría muchos años, pero no alcanzaría la gloria. El héroe no vaciló: prefería una vida corta y llena de gloria.

A pesar de la decisión de su hijo, Tetis insistió en que fuera por un tiempo a la corte del rey de la isla de Esciro, Licomedes. Allí lo disfrazaron de chica y convivió con las hijas del monarca. Para pasar aún más desapercibido le llamaban Pirra, la pelirroja.

En el ejército griego sabían que sin la participación de Aquiles nunca vencerían a las topas troyanas. Por este motivo, encargaron a Ulises, el más astuto de todos ellos, que lo buscara y que lo convenciera de participar en el enfrentamiento armado que se avecinaba. El héroe de Ítaca fue a ver a un adivino muy famoso, Calcante, y este le reveló dónde encontrar a Aquiles.

Como no sabía si sería bien recibido en la corte del rey Licomedes, urdió una estratagema: se disfrazó de mercader y se llevó consigo gran cantidad de joyas, vestidos y utensilios para bordar, pero también armas y una armadura.

Mientras las mujeres de la corte examinaban las mercancías con alborozo y elegían las que más les gustaban, Ulises hizo sonar una trompeta de guerra, como si la isla estuviera siendo invadida. Todas las mujeres huyeron asustadas menos una, que pidió una espada y se preparó para luchar. ¡Aquiles había sido descubierto!

Ulises persuadió a Aquiles de que se uniera a la expedición griega que estaba a punto de zarpar para Troya. Tetis acabó aceptando la voluntad de su amado hijo y le donó la armadura que Hefesto, dios de la artesanía y la metalurgia, había regalado a su marido Peleo al unirse en matrimonio.

A Aquiles le acompañaron unos guerreros temibles, los mirmidones, descendientes de unas hormigas que Zeus había transformado en humanos. Obedecían ciegamente a su líder.

El trayecto hacia Troya fue costoso y lleno de desventuras. Hasta el décimo año las tropas griegas no desembarcaron ante la magnífica ciudad asiática. Aun así, el destino seguía dando la espalda a los invasores: ahora una epidemia causaba gran cantidad de muertes entre sus tropas.

El adivino Calcante reveló el motivo de la plaga: Apolo, uno de los dioses más poderosos, estaba iracundo, ya que uno de sus sacerdotes, Crises, reclamaba venganza en forma de epidemia contra los griegos. Su hija Criseida había sido raptada y ahora formaba parte del botín del rey Agamenón.

Aquiles no tardó en convocar una asamblea de los monarcas helenos y obligó a Agamenón, el comandante máximo de la expedición militar, a devolver la muchacha a su familia. Agamenón se lo tomó como una afrenta personal y exigió a Aquiles en contraprestación que le entregara a Briseida, hija de un sacerdote de Zeus, que le había sido asignada como premio tras un saqueo.

Aquiles entregó a la chica a regañadientes y decidió no seguir combatiendo. Los mirmidones siguieron a su cabecilla y también abandonaron el campo de batalla. La ausencia del héroe provocó que los griegos se debilitasen y que los troyanos empezaran a ganar terreno. Viendo cómo iban los acontecimientos, Agamenón le prometió que le devolvería a Briseida si se comprometía a seguir luchando bajo sus órdenes, pero Aquiles se mantuvo inflexible y no aceptó.

Era tan desesperada la situación para los griegos, que Patroclo, el mejor amigo de Aquiles, le rogó que le dejara combatir con la armadura que le había donado su madre. Aquiles accedió, y junto con los mirmidones entró en batalla.

Su aparición en el terreno de combate insufló ánimos a los griegos, pues creían que era el mismo Aquiles, y consiguieron frenar a los troyanos. De repente, Héctor, príncipe de los troyanos y su mejor guerrero, se lanzó contra él y le venció tras un duro enfrentamiento. Creía que el cadáver rendido a sus pies era el de Aquiles, pero al sacarle el casco se dio cuenta de que era Patroclo.

La noticia llegó rápidamente a oídos de Aquiles. El dolor y la culpa le consumían y ardía en deseos de volver a combatir. A la mañana siguiente habló con Agamenón, este le devolvió a Briseida y olvidaron sus diferencias. En su mente solo cabía una idea: vengar la muerte de su amigo Patroclo.

La furiosa aparición de Aquiles en el campo de batalla obligó a retroceder a los troyanos hasta las puertas de su muralla. Los combatientes de la ciudad esperaban resguardados en el interior de la fortaleza, pero uno se había quedado fuera: Héctor. Sabía que su destino era enfrentarse a vida o muerte a Aquiles. A pesar de todo, la aparición de su adversario iracundo le transmitió tanto miedo que salió huyendo alrededor de la ciudad. El héroe griego lo alcanzó tras haber dado ambos tres vueltas a las murallas.

La lucha fue feroz, pero no se dio ninguna sorpresa: Aquiles venció. Antes de morir, Héctor le pidió que su cadáver fuera entregado a su padre, Príamo, monarca de Troya. Su

contrincante ignoró la súplica y arrastró su cuerpo con su carro tirado por caballos para que todos los troyanos pudieran verlo. Después se dirigió al campamento heleno para celebrar los funerales de Patroclo.

Durante los días siguientes, Aquiles arrastró el cuerpo de Héctor ante las murallas de Troya. El sufrimiento de Príamo era tan grande que decidió ir al campamento del enemigo y pedir que le entregaran el cadáver de su hijo para dedicarle el funeral que se merecía. Aquiles finalmente accedió a devolverle a Príamo el cuerpo de su hijo a cambio de un rescate.

La muerte de Aquiles sucedió durante uno más de los muchos enfrentamientos entre ambos bandos. Una flecha lanzada por Paris, hermano de Héctor, fue a incrustarse en su talón, la única parte vulnerable del cuerpo del héroe griego, y le acabó robando la vida.

Ulises y Polifemo

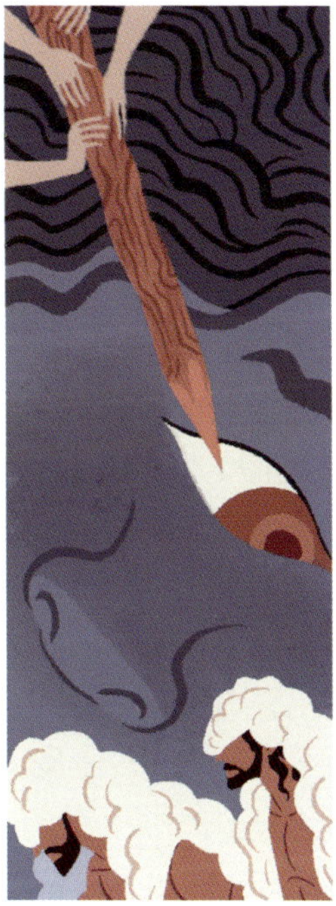

El ingenio y el coraje de Ulises habían hecho posible que los griegos vencieran a los troyanos tras una guerra de diez años de duros combates.

La idea de construir un enorme caballo de madera en el que se escondieran los guerreros más valientes de su ejército fue suya. Sus enemigos se creyeron que era un regalo de los dioses e introdujeron el artefacto en el interior de su ciudad. ¡Estaban convencidos de que habían vencido a los helenos! Lo celebraron bebiendo y danzando hasta altas horas de la noche.

Cuando sus adversarios se fueron a dormir, los griegos salieron sigilosamente del caballo de madera y empezaron a atacar a sus desprotegidos enemigos. En pocas horas habían aniquilado a gran parte de los troyanos. Solo unos pocos pudieron huir. La estratagema de Ulises les había dado la victoria.

Tras tantos años de duros enfrentamientos, los vencedores suspiraban por volver a sus tierras, con sus familias. Ulises también: en la isla de Ítaca le esperaban su amada Penélope y su hijo Telémaco. Con este fin reunió a sus tropas y se dispusieron a volver a casa con sus barcos.

El viaje de retorno no tenía que ser muy largo, pero se fue complicando y acabó durando diez años. Las aventuras y desventuras de nuestro héroe fueron una auténtica odisea, y si sabemos que el nombre de Ulises en griego es Odiseo, entenderemos de dónde viene tal palabra.

Como no iban muy sobrados de víveres, las naves iban de isla en isla para conseguir alimentos. En una ocasión anclaron en una muy fértil y en la que pastaban gran cantidad de cabras. Ulises eligió a doce de sus hombres y decidió explorarla detenidamente.

Lo que no sabía es que aquellas tierras estaban habitadas por unos seres gigantescos y feroces, los cíclopes. Su nombre hacía referencia al enorme ojo redondo que tenían en el centro de la frente. Eran bárbaros y vivían aislados los unos de los otros. Desconocían todo lo referente a la agricultura y se dedicaban a hacer de pastores sin demasiado talento.

El cielo oscurecía y decidieron pasar la noche en una cueva vacía. Parecía un lugar idóneo para resguardarse del frío. En su interior encontraron grandes cantidades de queso y leche fresca e incluso varios cabritos encerrados en el fondo de la guarida. Con todo esto y el vino que habían desembarcado, por si encontraban humanos en la isla y debían ganarse su hospitalidad, celebraron un banquete.

La fiesta terminó de repente con la aparición de Polifemo, un cíclope hijo de Poseidón, dios de los mares, y de la ninfa Toosa. Entró como cada noche en su morada con su rebaño de ovejas. El gigantesco personaje poseía una fuerza descomunal y tenía por costumbre comer carne humana siempre que tenía la oportunidad. Al verlo, los compañeros de Ulises empezaron a temblar.

Para evitar que los intrusos salieran despavoridos por donde habían entrado, Polifemo selló la entrada con una gran roca, que pesaba tanto que ningún humano podría ni tan siquiera pensar en moverla. Estaban ahora a su merced. La cena estaba servida: se dispuso a comérselos de dos en dos...

Una vez más había llegado el momento de que Ulises utilizara su astucia y su valor. Y debía actuar rápido, porque el hambre de su adversario era tan grande como él mismo. Su artimaña no se hizo esperar: invitó al amo de la cueva a probar el vino que habían transportado con ellos.

Polifemo no había degustado nunca el vino, pero no le hizo ascos al ofrecimiento. A medida que iba ingiriendo, el alcohol le subía cada vez más a la cabeza. Estaba tan alegre que decidió entablar conversación con Ulises:

—Tú pareces el jefe, ¿cómo te llamas?

—¿Te refieres a mí? —respondió Ulises disimulando.

—Sí, a ti, mequetrefe.

—Mi nombre es Nadie —respondió rápido e ingenioso el griego.

—Me ha gustado tanto esta bebida que voy a recompensarte: serás el último que devoraré...

Y mientras decía sus últimas palabras, aprovechó para tomarse otro trago de vino y caer inmediatamente rendido al suelo. Un sueño profundo se apoderó de él. Mientras dormía, Ulises y sus compañeros supervivientes afilaron una estaca y calentaron su punta con las ascuas del fuego hasta ponerla al rojo vivo.

Con un golpe seco y preciso, perforaron el único ojo del gigante, dejándolo ciego. Un enorme gemido de dolor y rabia salió de su boca. El estruendo hizo que las paredes de la cueva temblaran. Los otros cíclopes de la isla acudieron en su ayuda preocupados por la salud de su hermano. Le interrogaron desde el exterior de la cueva:

—Polifemo, ¿estás bien? ¿Podemos ayudarte? ¿Te ha atacado alguien?

—¡Nadie me ha herido! —contesto sollozando.

Sus compañeros pensaron que estaba delirando y que ya se recuperaría con el paso de las horas. Así que se marcharon a sus moradas refunfuñando.

Sabía que sus enemigos aprovecharían la ocasión para intentar escapar. Así pues, apartó la roca que tapaba la entrada de la cueva y se situó en su umbral para poder cogerlos tanteando con las manos.

Una vez más, Ulises urdió una estratagema llena de astucia: cogió unos mimbres y ató a sus acompañantes bajo el vientre de las ovejas. Después eligió la oveja más grande y se colocó bajo su barriga aguantándose con las manos y los brazos.

Los animales se dirigieron a la salida de la cueva y el cíclope palpó los animales sin descubrir nada extraño. Una vez fuera se dirigieron corriendo hacia la embarcación que les esperaba.

Ulises estaba tan orgulloso de su ingenio y atrevimiento que gritó en tono de burla al gigante mientras se dirigía al barco:

—Polifemo, si alguien te pregunta quién ha cegado tu único ojo, dile que no ha sido Nadie, sino Ulises, rey de Ítaca.

La rabia se apoderó del cíclope, quien lanzó una roca gigante que fue a parar muy cerca de la nave. Por suerte para los tripulantes de la embarcación, no les impactó el proyectil y pudieron zarpar tranquilos.

Polifemo estaba desesperado y herido en su amor propio, y como última venganza rogó a su padre Poseidón, el poderoso dios de las aguas, los océanos y los mares, que si alguna vez volvía Ulises a su patria, fuera lo más tarde posible y después de haber perdido a todos sus compañeros. Poseidón escuchó a su hijo y le prometió que su deseo se haría realidad.

Ulises y la hechicera Circe

En el viaje de regreso a Ítaca de Ulises y sus compañeros, las desventuras y las desgracias se sucedieron una tras otra. A pesar de todo, no perdían la esperanza de que algún día llegarían a su patria.

Tras escaparse de Polifemo y de los cíclopes reanudaron su trayecto de retorno, pero los vientos no les eran favorables e iban dando tumbos de una isla a otra. En una ocasión atracaron los barcos en el país de los lestrigones. Ulises decidió que lo mejor era no correr riesgos y envió una avanzadilla de sus hombres para explorar la zona. Estos encontraron a una muchacha que sacaba agua de un manantial. La chica era la hija del rey Antífates y los condujo hasta su palacio. Sin mediar palabra, el soberano devoró a uno de los griegos, mientras que los otros huyeron despavoridos, perseguidos por el rey y el resto de salvajes caníbales.

Consiguieron llegar a la orilla, pero los lestrigones empezaron a lanzar desde los peñascos un diluvio de piedras contra las naves hasta hundirlas. Después bajaron a la playa para matar y zamparse a los tripulantes que no habían podido huir. Ulises observó la escena sin poder ayudar a sus camaradas. Solo tuvo tiempo de cortar con una espada la cuerda que amarraba su embarcación y hacerse a la mar. La expedición se había visto reducida a un único barco.

Tras remontar la costa llegaron sin saberlo a la isla de Eea, gobernada por la diosa Circe, famosa por sus conocimientos de magia, sus encantamientos y su poco amor por los humanos. Una vez más, desembarcó una expedición para reconocer el terreno.

El grupo estaba formado por veintitrés hombres y capitaneado por Euríloco, hombre de confianza de Ulises. La zona estaba poblada por multitud de árboles y un palacio se alzaba en el centro de la isla. Lobos y leones paseaban por los alrededores. Superados la sorpresa y el terror iniciales, se dieron cuenta de que eran inofensivos y que solo deseaban alzarse sobre sus patas traseras y acariciarlos con las delanteras. Parecían humanos con apariencia animal.

En el interior del palacio les esperaba Circe, tejiendo mientras cantaba. Los recibió con suma amabilidad y los invitó a comer con ella. La alegría invadió los corazones de todos ellos, menos el de Euríloco. Por algún motivo, sospechaba que estaban siendo víctimas de un engaño. Y no se equivocaba.

Estaban tan hambrientos que se hubieran comido lo que hubieran encontrado en la mesa, pero la verdad es que la comida era tan suculenta y variada que saborearon agradecidos todos los manjares que les ofrecieron. Cuando ya estaban todos saciados, menos Euríloco, que no había probado nada, Circe cogió su varita y les tocó con ella en el hombro. Uno a uno se fueron transformando en puercos. Después los llevó a una pocilga, les tiró unas cuantas bellotas y los encerró.

Euríloco aprovechó un momento de despiste de la hechicera y, antes de que Circe intentara convertirlo en puerco, se escapó corriendo hacia la embarcación para informar de todo lo sucedido a Ulises. Este cogió su espada, eligió unos cuantos de sus hombres y se dirigió al encuentro de la maga sin haber meditado ningún plan previamente. Lo que no se esperaba es que por el camino se le presentaría Hermes, el dios mensajero, y le daría un antídoto contra la magia de Circe, una flor blanca aromática con la raíz negra, conocida como moly.

Ulises también fue recibido con todo tipo de agasajos. Se sentó a la mesa al lado de su anfitriona y disfrutaron juntos de una suculenta comida. Como había hecho anteriormente con sus compañeros, alzó su varita mágica y le tocó con ella en el hombro mientras le ordenaba que se dirigiera a la pocilga para encontrarse con sus amigos.

El rey de Ítaca no se transformó porque previamente había olido la flor de moly. Circe insistió, pero sus hechizos seguían sin hacer efecto. De repente, el héroe se levantó de la mesa y con la espada en mano la amenazó. Ella se puso de rodillas y le suplicó que no la matara. Le pidió su perdón a cambio de compartir con ella el reino de Eea y su lecho.

Ulises no quiso aceptar su ofrecimiento hasta que la maga no le prometiera que no intentaría ninguna otra artimaña contra él y sus hombres y que devolvería inmediatamente a estos y a todos los visitantes de la isla a su forma humana original.

Como Circe cumplió su palabra, se hicieron amantes y tuvieron tres hijos. Aun así, Ulises no dejó de pensar en su tierra natal y en la familia que había dejado allí. Su compañera, aunque a regañadientes, no puso reparos en dejar partir al padre de sus niños, pero antes debía visitar el inframundo, reino subterráneo gobernado por Hades donde iban a parar las almas de los muertos. Su intención era encontrar a Tiresias, el célebre adivino ciego, para saber el futuro que le esperaba en Ítaca, si finalmente conseguía llegar algún día.

El vidente le informó de que sus peripecias aún no habían terminado y que su entrada en su amada patria no sería fácil. Tras hablar con él, conversó con las almas de su madre Anticlea y con personajes tan ilustres como Aquiles, Agamenón y Orión.

De retorno a Eea fue recibido con gran alegría por Circe, la cual expresó su admiración por su amante, pues había sido capaz de volver vivo del reino de Hades, eso significaba que experimentaría dos muertes en lugar de solo una como la mayoría de mortales.

Sabiendo que no podría retenerlo por más tiempo a su lado, le dio sabios consejos para poder superar las últimas pruebas que le deparaba el trayecto de retorno a casa.

Ulises y el canto de las sirenas

Ulises, tras despedirse de Circe, retomó el camino hacia Ítaca. La hechicera le había advertido de algunos de los múltiples peligros con que iban a encontrarse. En particular el que suponían las sirenas. Unos seres que merodeaban alrededor de una isla por donde iban a tener que pasar. Eran monstruos marinos con bellísimos rostros femeninos, cuerpos de ave y alas. Sus cantos hipnóticos seducían a las tripulaciones que se atrevían a navegar por la zona y las conducían hacia la costa rocosa, donde las naves naufragaban y las sirenas devoraban a los imprudentes.

En un principio, las sirenas eran muchachas de aspecto normal y sin alas. Seguían a la diosa Perséfone, pero cuando esta fue raptada por Hades, pidieron a los dioses que les otorgaran alas para poder buscarla tanto por tierra como por mar.

Una vez más, el héroe griego pensó una estratagema para salir con vida del apuro. Reunió a sus compañeros y les explicó lo que tendrían que hacer:

—Compañeros de aventuras. Ya sabéis que dentro de poco tendremos que rodear la isla de las sirenas. Sus cantos son hermosos como pocos, pero letales para quienes los escuchan.

—¡Vamos a morir si pasamos cerca de la isla! —gritó uno de los marinos.

—No, si me hacéis caso.

La voz tranquila de Ulises y la confianza en su astucia tranquilizaron a la tripulación.

—Lo primero que haréis cuando nos acerquemos a la zona será poneros tapones de cera en las orejas. De esta manera sus cantos no os afectarán.

—¿Y tú qué harás? —preguntó curioso uno de los asistentes.

—A mí me ataréis bien atado a un mástil. Y por mucho que os pida que me soltéis, no lo hagáis hasta haber dejado bien atrás la isla.

La curiosidad del héroe era tan grande que no quería perderse el espectáculo de oír el canto de las sirenas. Antes que ellos, Jasón y los argonautas habían navegado por aquellas aguas, pero gracias a los cantos de Orfeo, que habían neutralizado los de las sirenas, salieron con vida. Por este motivo, aún nadie había oído los cantos de tales monstruos y había podido explicarlo.

Los compañeros de Ulises le hicieron caso y pusieron en práctica todo lo que les había solicitado. Cuando el rey de Ítaca oyó las dulces voces de las sirenas gritó insistentemente a sus compañeros para que lo desataran, pero como llevaban los tapones de cera en los oídos no lo oyeron y no le pudieron hacer caso.

Cuando dejaron atrás la isla, liberaron a Ulises y se sacaron los tapones de cera de las orejas. Superada esta prueba, otras aventuras les esperaban.

El retorno de Ulises a Ítaca. Hogar, dulce hogar

Ulises, tras muchas aventuras, llegó a la isla de los feacios agarrado a una tabla, que era lo único que quedaba de su balsa, destruida por un temporal provocado por Poseidón, el dios de los mares y enemigo acérrimo del héroe.

Se quedó dormido oculto tras unos matorrales. Los gritos y las risas de un grupo de chicas lo despertaron. Eran Nausícaa, la princesa, y sus criadas. Ulises se presentó y les pidió ayuda. La hija del monarca Alcínoo le indicó el camino para llegar al palacio real. El recibimiento fue muy afectuoso y hospitalario.

—Valeroso Ulises, ¿qué te trae a mi reino?

—¡Un sinfín de aventuras! Tras la guerra de Troya el retorno a mi amada Ítaca ha sido mucho más costosa de lo que nunca hubiera pensado: diez años y la vida de todos mis compañeros de expedición.

—Come y bebe con nosotros y cuéntanos con más detalle tus hazañas.

Ulises contó sus andanzas y los monarcas le obsequiaron con todo tipo de presentes. Incluso le ofrecieron a su hija Nausícaa en matrimonio, pero él rehusó, pues lo único que deseaba era volver a su tierra natal con su mujer y su hijo. Para facilitarle su regreso pusieron una nave y una tripulación a su disposición. Sus compañeros de viaje lo dejaron en un lugar apartado de la isla de Ítaca con todos los regalos que había recibido.

Habían pasado veinte años desde que se embarcó para combatir a las órdenes de Agamenón al lado de los héroes griegos más valientes. Su aspecto actual no recordaba en nada al joven que partió a buscar gloria en tierras lejanas.

No sabía con qué se iba a encontrar. Desconocía que Penélope, su mujer, le había sido fiel a pesar de la insistencia de los pretendientes por casarse con ella. Que estos se habían establecido en su palacio y mermaban sus riquezas sin pensar en el mañana. Que su esposa era una mujer con una astucia y un valor semejantes al suyo: había ganado tiempo e incluso había desanimado a algunos de sus admiradores con la estratagema de que no podía elegir un pretendiente hasta haber terminado el sudario que debía cubrir, cuando muriera, el cuerpo de Laertes, padre de Ulises y rey de Ítaca antes que su hijo. Por las mañanas tejía y por las noches descosía el trabajo realizado a la luz del sol. De este modo iba retrasando el día de la decisión final.

Ulises guardó en una cueva los mantos de púrpura, las copas de oro y el resto de obsequios recibidos de manos de Alcínoo y se dirigió a casa de Eumeo, el jefe de sus porquerizos y hombre de su máxima confianza. Se presentó ante él sin revelar quién era realmente. Fue tratado con cordialidad. De repente, apareció Telémaco, el hijo de Ulises, en el hogar del porquero. Penélope lo había enviado a Esparta, a la corte del rey Menelao, para recabar noticias sobre su marido. Padre e hijo se reconocieron y se

fundieron en un abrazo. Acordaron que Telémaco no diría nada a su madre, para no despertar sospechas en los pretendientes.

De camino a palacio se encontró con Argo, un perro de caza espléndido, quien reconoció a su amo. Tenía más de veinte años y ya estaba decrépito y lleno de pulgas. Se levantó para recibirlo e instantes después murió. Una lágrima se deslizó por las mejillas del héroe.

Ulises entró en palacio y Telémaco, fingiendo que no sabía quién era, le ofreció hospitalidad. Recorrió la sala mendigando migajas a los pretendientes para así hacerse una idea de qué clase de personas eran. Otro mendigo, un habitual en el palacio, consideró que el nuevo venía a discutirle su privilegio y se enfrentó a él. Ulises lo derribó de un puñetazo.

El trato que recibió el héroe de los candidatos fue mezquino y humillante. Incluso uno de ellos, Antínoo de Ítaca, le lanzó una banqueta y lo lesionó en un hombro. Cuando la noticia llegó a oídos de Penélope, hizo llamar al supuesto pordiosero, se interesó por él y le preguntó si sabía algo de su amado esposo. Ulises le dijo que por la noche le contaría todo lo que deseara saber.

Tras la puesta del sol, Telémaco, cumpliendo con una orden que le había dado su padre, mandó que todas las armas expuestas en la sala de banquetes se trasladaran a la armería.

Ulises y Penélope se reencontraron, pero él no se dio a conocer y ella no lo reconoció:

—Extranjero, ¿qué puedes decirme sobre mi marido?

—Tengo entendido que ha ido a consultar al oráculo de Zeus en Dodona, pero que su voluntad es volver pronto a su tierra.

—Eso espero. Hoy he soñado que ya volvía. Pero solo es un sueño y los pretendientes nos están arruinando. Dentro de poco no tendremos suficientes cerdos ni ovejas para alimentar a todos ellos. Si estuviera aquí Ulises…

—No perdáis la esperanza, su retorno está al llegar.

—No creo que pueda aguantar más. Mañana organizaré un concurso y otorgaré mi mano al vencedor. Les entregaré el arco de Ulises y quien mejor sepa utilizarlo se convertirá en mi marido.

—Que así sea, mi reina.

Como muestra de hospitalidad, Penélope ordenó a la anciana Euriclea, la nodriza de Ulises, que le bañara los pies al recién llegado. Esta al hacerlo reconoció al héroe por la cicatriz en el muslo que le había hecho de joven un jabalí. Cuando estaba a punto de emitir un grito de alegría, Ulises le tapó la boca y le dedicó una sonrisa de mutuo reconocimiento.

Al día siguiente se celebró el concurso, que consistía en hacer pasar una flecha por los anillos formados por varias hojas de hachas juntas. Como había hecho Ulises hacía ya muchos años. Penelope les mostró el arco con el que debían hacerlo. Un obsequio que habían regalado a su marido y que había sido previamente del dios Apolo.

Los pretendientes intentaron, uno tras otro, tensar el arco, pero nadie fue capaz. Ulises, disfrazado todavía de pordiosero, pidió probar y, a pesar de las protestas y las risas de los congregados, Telémaco le acercó el arma. El héroe tomó el arco, lo tensó, apuntó con cuidado y disparó una flecha que pasó a través de los anillos formados por las hachas. La sorpresa y el miedo invadieron los corazones de los asistentes.

Telémaco fue a buscar espadas y lanzas y al volver a la sala de banquetes ordenó cerrar las puertas. Ulises lanzó otra flecha que fue a parar esta vez al cuello de Antínoo, causándole la muerte. El resto de pretendientes, aterrorizados, corrieron a buscar las armas que hasta aquel día colgaban de las paredes, pero no las encontraron. La matanza acababa de empezar. El héroe, su hijo y dos fieles sirvientes terminaron con la vida de sus enemigos. Después de estos acontecimientos, Ulises se dio a conocer a Penélope. Su mujer lo recibió con los brazos abiertos. Su sufrimiento había terminado.

Al amanecer, Ulises acudió a la casa de su padre Laertes y le reveló quién era y lo que había sucedido en palacio. Mientras tanto, los familiares de los pretendientes se habían armado y pedían venganza por la masacre cometida. Eran muchos más que los seguidores de Ulises, pero Atenea, metamorfoseada en el anciano Mentor, fiel amigo del héroe, consiguió restablecer la paz.

Edipo, el rey maldito

Edipo fue el hijo de los reyes de la ciudad de Tebas. Su padre era Layo y su madre Yocasta. Sus progenitores, apenados porque tras años de vida conyugal aún no habían tenido descendencia, decidieron acudir al oráculo de Delfos para saber el motivo. Este les informó de que su aparente desgracia era en el fondo una bendición, pues si nacía un hijo del vientre de Yocasta, este mataría a su padre y se casaría con su madre, causando la desgracia de la familia. Decidieron no hacer caso a la profecía y siguieron buscando un heredero para el trono.

La insistencia al final dio sus frutos y engendraron a un niño. Sin embargo, Layo recordó la amenaza del oráculo y decidió deshacerse de él: le taladró los tobillos y los ató fuerte con una correa. Después lo dio a uno de sus sirvientes para que lo pusiera en una canasta y lo abandonara en el monte Citerón, cerca de Tebas.

Lo encontraron unos pastores de la ciudad de Corinto. Sabedores de que su monarca, Políbo, no tenía hijos y deseaba uno, le llevaron el niño. Como la herida en los tobillos había hecho que se le inflaran los pies, le pusieron por nombre Edipo, que significa pie hinchado.

El muchacho pasó toda su infancia y adolescencia en la corte de Corinto, convencido de que era el hijo del rey Pólibo. Hecho ya un hombre discutió con un habitante de la ciudad y este le reveló con rabia que no era hijo del soberano, sino un niño adoptado. Sus palabras le sorprendieron y fue corriendo a preguntar a su supuesto padre si era verdad lo que le habían dicho. Tras insistir mucho, el rey asintió.

Con la intención de descubrir quiénes eran sus auténticos progenitores, se dirigió a Delfos para consultárselo al oráculo. Este le dijo lo mismo que a Layo, que su destino era matar a su padre y casarse con su madre. Con la intención de evitar que se cumpliera la profecía, tomó el trayecto que llevaba a Tebas para así alejarse de Corinto. En un desfiladero estrecho se encontró con la comitiva del rey Layo, que iba en sentido contrario al suyo. El lacayo del soberano le ordenó que se apartara y que cediese el paso. Edipo no obedeció y una rueda del carro real le pasó por encima de un pie. Lleno de ira por el trato recibido, le lanzó una lanza y lo mató. Como respuesta, el monarca se enfrentó a él y también murió, esta vez atravesado por su espada. La primera parte del oráculo se había hecho realidad, aunque aún no lo supiera.

Al acercarse a Tebas se encontró con la Esfinge, un monstruo con cabeza de mujer, cuerpo de león y alas de águila. La diosa Hera la había enviado para castigar la ciudad de Tebas porque Layo había raptado a un muchacho llamado Crisipo.

La Esfinge planteaba un enigma a los viajeros que pretendían entrar en la ciudad. A los que no eran capaces de resolverlo, los devoraba. Hasta el momento nadie había conseguido superar el reto con vida y los habitantes de la ciudad estaban desesperados. No se atrevían a salir más allá de los muros y no recibían visitas de nadie. Edipo se encaró con ella con estas palabras:

—Esfinge, deja que entre en la ciudad.

—Para hacerlo deberás resolver el enigma. Como todo el mundo.

—¿Qué enigma?

—Este: ¿cuál es el ser que anda a veces con dos, a veces con tres y a veces con cuatro patas y que es más débil cuantas más patas tiene?

—¡El hombre! —respondió Edipo sin pensárselo.

—¿Cómo lo has sabido?

—Porque se arrastra a gatas al poco de nacer, después anda sobre dos piernas y al envejecer necesita de un bastón para sostenerse.

El monstruo, frustrado, se precipitó desde lo alto del monte en que se hallaba y pereció.

Edipo fue recibido como un héroe en la ciudad. Lo colmaron de muestras de agradecimiento e incluso lo nombraron rey y se casó con Yocasta, la reina que había enviudado hacía poco. Juntos tuvieron cuatro hijos. La segunda parte de la profecía se había cumplido.

El gobierno de Edipo fue justo y conllevó la bonanza económica de Tebas hasta que una peste empezó a asolar a la población y todo cambió. El rey envió a su tío Creonte, el hermano de Yocasta, a interrogar al oráculo de Delfos sobre el motivo de la plaga. Volvió con una respuesta: la peste no cesaría hasta que no hubiera sido vengada la muerte de Layo. Edipo lanzó una maldición contra el asesino y después hizo venir a la corte al adivino Tiresias para preguntarle el nombre del responsable de todos los males que azotaban a la ciudad. Como buen vidente que era, sabía que el culpable no era otro que el soberano mismo, pero no se atrevió a decírselo.

Yocasta, dudaba de las profecías, y puso como prueba la que les anunció que sería su propio hijo quien mataría a su marido, pues este había muerto enfrentándose a un bandido desalmado en un desfiladero.

Al oír la palabra «desfiladero», Edipo se sintió desfallecer. Ahora todo adquiría sentido: él era el asesino. Había cometido incesto, parricidio y regicidio. Yocasta también comprendió lo sucedido y se suicidó en el mismo palacio.

Edipo se perforó los ojos, pues hasta aquel momento había permanecido ciego a la verdad. La ciudad de Tebas lo desterró y solo su hija Antígona lo acompañó en su exilio. Finalmente murió en la región de Ática.

Dédalo y el primer vuelo humano

Dédalo era un reputado arquitecto, escultor e inventor. Era originario de Atenas y trabajaba en esta ciudad. Tenía como aprendiz a Talo, su sobrino, pero este era tan extremadamente ingenioso que llegó a despertar los celos de Dédalo. Un día al ver la mandíbula de una serpiente se le ocurrió un artilugio tan útil como la sierra. La envidia invadió el corazón de su tío y, como venganza, lo precipitó desde lo alto de una cima. El crimen fue descubierto y la condena fue el destierro.

Se marchó a la isla de Creta, donde trabajó para el rey Minos. Una de sus primeras creaciones en su nuevo destino fue una vaca de madera. La esposa del gobernante se había enamorado de un toro enviado por Poseidón, el dios de los mares. El deseo de su mujer era tan fuerte y a la vez tan antinatural que no sabía cómo satisfacerlo. Cuando Dédalo fue requerido para encontrar una solución concibió un armazón de madera que simulaba una vaca y lo recubrió de pieles bovinas. La reina solo tenía que introducirse en su interior para poder tener relaciones con el toro.

De la extraña unión nació un ser monstruoso que tenía la cabeza de toro y el cuerpo de hombre. Fue conocido como Minotauro, aunque su verdadero nombre era Asterio. Al verlo, Minos sintió vergüenza y miedo, por lo que encargó al arquitecto ateniense la construcción de un palacio donde encerrarlo. Como la construcción era una maraña de salas y corredores de donde solo Dédalo sabía encontrar la salida, fue conocido como el laberinto del Minotauro.

Mientras la obra se llevaba a cabo, uno de los hijos de Minos, Androgeo, participó en una competición atlética en Atenas, de la que acabó siendo el vencedor. Por motivos nunca esclarecidos, fue asesinado cruelmente y el rey de Creta, enfurecido tras saber la noticia, invadió con su ejército la ciudad. Como castigo, los vencidos debían ofrecerle un tributo cada nueve años: siete doncellas y siete muchachos que servirían de alimento al Minotauro.

Cada nueve años los mejores representantes de la juventud ateniense morían sacrificados por obra del monstruo cretense. Su suerte cambió cuando Teseo, hijo del rey Egeo, se ofreció voluntariamente para la inmolación. Su padre lo quiso impedir, pero la voluntad del chico era firme.

Se presentó ante Minos y le expuso al monarca y a su corte que su intención era matar a la bestia. El muchacho pronunció las palabras con extraordinaria seguridad. Sin embargo, no pudo evitar una risa entre los asistentes. En la audiencia estaba presente Ariadna, hija del soberano, quien al ver a Teseo se sintió atraída por él y se ofreció a ayudarle en su misión.

Lo primero que hizo Ariadna fue pedir consejo a Dédalo. Este le explicó la treta que permitiría a Teseo encontrar la salida del laberinto si conseguía matar al Minotauro. Debía llevar consigo un ovillo de lana que previamente habría atado a la entrada del laberinto para ir desenrollándolo a medida que fuera avanzando por el palacio. Después solo tendría que volver sobre sus pasos. Así lo hizo el joven héroe.

Cuando Minos se enteró de que aquel muchacho ateniense se había salido con la suya con la colaboración de su propia hija, mandó hacerlos prisioneros. La orden llegó tarde, pues la pareja había huido.

Quien no escapó de la ira del rey fue Dédalo. Su estrategia había permitido que el insolente Teseo encontrara la puerta de salida del laberinto. Como castigo, Dédalo fue encarcelado, junto con su hijo Ícaro, en la que había sido la morada del Minotauro.

Una vez más, el ingenio de Dédalo le sacó de sus apuros. Con plumas pegadas con cera, fabricó unas alas para Ícaro y otras para sí mismo, y salieron volando. Antes de emprender el vuelo, Dédalo advirtió a su hijo:

—No vueles demasiado alto. Si te acercas demasiado al sol se puede derretir la cera.

—Sí, padre —contestó condescendiente Ícaro.

—Ni demasiado bajo, que el mar puede empapar las alas y con el peso caerías al agua.

—De acuerdo…

—Sígueme por donde yo vaya. No hagas imprudencias.

—¿Algún consejo más?

—¡Vamos allá! —respondió resignado Dédalo.

Durante el trayecto sobrevolaron el mar y unas cuantas islas para sorpresa de sus habitantes. El placer del aire acariciando sus mejillas era una experiencia única. Ver desde las alturas los árboles pequeños, las personas minúsculas, era una vivencia reservada a los dioses, prohibida a los humanos.

Ícaro se animó y olvidó los consejos de su padre. Empezó a tomar altura y a aproximarse más y más al sol. Dédalo volaba más bajo y no se dio cuenta de nada hasta que observó unas plumas cayendo del cielo. De repente, oyó el estruendo de un cuerpo impactando contra el mar. Rápidamente entendió lo que había sucedido. Revoloteó por la zona hasta que el cadáver emergió a la superficie. Recogió el cuerpo para enterrarlo y lo transportó a la isla más cercana, que en la actualidad es conocida como Icaria en honor suyo.

Dédalo llegó sano y salvo a la ciudad de Cumas. Allí ofreció sus alas como ofrenda al dios Apolo. Después se dirigió a Camico, en la región de Sicilia, donde el rey Cócalo lo recibió con todo tipo de honores.

El rey Midas, o no es oro todo lo que reluce

Sileno era un miembro del cortejo de Dioniso, divinidad del vino y de la diversión. Como buen seguidor de este dios, él también tenía debilidad por el vino y por disfrutar al máximo de los placeres de la vida. Su aspecto no era muy atractivo, pues sus orejas, patas y cola eran como las de los caballos.

Después de una noche intensa, Sileno se despertó en la región de Frigia, en Asia Menor. Unos campesinos lo encontraron durmiendo y lo encadenaron para llevarlo a la corte de su soberano, el rey Midas. Este, que lo reconoció enseguida, lo hizo desatar y lo trató con gran amabilidad. Tras comer y darse un baño lo acompañó junto al séquito de Dioniso. Este se lo agradeció y entablaron una amigable conversación:

—Rey Midas, estoy en deuda contigo por traerme sano y salvo a Sileno, uno de mis mejores compañeros de aventuras.

—Ha sido un placer.

—Pídeme lo que quieras y te complaceré.

—Mi deseo es que todo aquello que toque se convierta en oro —respondió rápidamente Midas.

—¿Estás seguro de que es esto lo que deseas?

—Sí, estoy más que convencido.

Dioniso accedió a su demanda. A partir de aquel momento, todo lo que tocase el rey se convertiría en el dorado metal. Cuando llegó de vuelta a casa empezó a poner a prueba el don recibido. Puso la mano en la mesa y esta se convirtió en oro, tocó la alfombra, y lo mismo... Parecía que Dioniso no le había engañado. Se sentía el hombre más afortunado del mundo. Probó con seres vivos y también sucedía lo mismo: flores, pájaros, peces... Todos se transformaban en oro.

Estaba encantado con su nuevo don, pero llegó la hora de comer y todo cambió: cogió un trozo de pan para ponérselo a la boca y al morderlo se dio cuenta de que era duro y dorado. Se dispuso a beber un poco de vino y antes de engullirlo se había transformado en oro. ¡No podía ni comer ni beber! El hambre y la sed se apoderaron de él. Al oír los sollozos del monarca, su hija acudió a consolarlo y, aunque él le gritó insistentemente que no se acercara más, lo cogió de la mano, transformándose en una estatua áurea[1]. Lo que le había parecido el mejor regalo del mundo, no era más que una maldición. Para poner fin a su desdicha fue a visitar a Dioniso y le habló con estas palabras:

—Apreciada divinidad. Desde que me concediste el don de convertir en oro todo lo que tocara, mi vida ha cambiado y soy un pobre desgraciado. No puedo comer ni beber, y a mi hija he convertido en una escultura de oro. ¿Puedes ayudarme? No me había dado cuenta de que poseía todo lo que deseaba. Quiero oler las rosas, saborear la comida, abrazar a mi querida niña...

[1] *Áurea:* de oro.

—De acuerdo, rey Midas. Me alegra saber que has aprendido a disfrutar de los placeres de la vida y que la codicia no es buena compañera. Escúchame bien, para librarte de tu desgracia deberás lavarte la cara y las manos en la fuente del río Pactolo, pero te costará todo el oro de tu reino.

—Así lo haré —le respondió mientras salía corriendo de la estancia.

Cuando se hubo lavado el rostro y las manos en la fuente indicada por Dioniso, todo volvió a su normalidad. Desde aquel día la corriente del río Pactolo arrastra grandes granos de oro.

Eros y Psique. El amor siempre vence

Eros era la divinidad del amor sensual, el sentimiento que hacía que las criaturas se unieran y se mantuvieran con vida. Hijo de Ares, el dios de la guerra, y de Afrodita, la diosa del amor y de la belleza. Con sus alas volaba de un lado a otro y con las flechas que disparaba con su arco decidía el destino de los dioses, las personas y los animales: las flechas de oro encendían las pasiones; las de plomo provocaban aversión.

Psique era la menor de tres princesas muy hermosas. La belleza de sus hermanas era extraordinaria, pero la suya todavía era mayor. La gente la comparaba con la mismísima Afrodita, lo que provocó los celos de la diosa. ¡Una simple mortal no podía hacerle sombra! No se lo pensó dos veces y decidió que había llegado el momento de castigar tal osadía.

Ordenó a su hijo Eros que hiciera que la muchacha se enamorara del individuo más feo y vil que pudiera encontrar. Sin embargo, cuando ya tenía la flecha cargada en el arco para hacer realidad lo que le había pedido su madre, vio a la joven y cayó rendido a sus encantos, por lo que no pudo cumplir con el deseo de Afrodita.

El padre de Psique decidió consultar al oráculo de Apolo para saber por qué nadie quería casarse con ella. Sus hermanas ya tenían marido y no eran ni de lejos tan bellas. El oráculo le reveló que la chica debía ser llevada a una montaña vestida de novia como si fuera a su propia boda. Allí debería esperar a que un monstruo fuera a su encuentro.

Sus desolados padres presidieron un cortejo más bien fúnebre hasta el montículo. La dejaron sola y se retiraron a su palacio. Psique estaba desesperada, pues se temía lo peor. De repente, un golpe de viento la arrastró por los aires hasta llevarla a un valle de verde hierba. Invadida por el cansancio, se durmió profundamente. Al despertar se dio cuenta de que estaba en el jardín de un palacio. Entró en su interior y las puertas se fueron abriendo a su paso.

Al atardecer, se reclinó en la cama de un dormitorio y tuvo la sensación de que alguien estaba con ella. Una voz le susurraba que no debía girarse, que nunca tenía que intentar verlo. Él no le dijo quién era y ella asumió que era su marido, el monstruo de quien le habían hablado, aunque por su voz no lo pareciera.

Las primeras semanas tras su primer encuentro, Psique pasó las mañanas sola, pero por las noches su marido la visitaba y eran muy felices. A pesar de todo, la añoranza de su familia era cada vez mayor y le pidió a Eros permiso para invitar a sus hermanas a palacio. Él acabó accediendo.

El lujo y las comodidades de la nueva morada de Psique despertaron la admiración, pero también la envidia, de sus hermanas. Para acabarlo de rematar, su esposo era atento y espléndido con ella. El único defecto que parecía tener era su tendencia a ser huidizo. Con estas palabras las hermanas despertaron la curiosidad en Psique:

—Querida, tu marido te trata como una princesa. Como la princesa más afortunada de la tierra.

—Tenéis razón. Y eso que el oráculo había profetizado que mi destino era desposarme con un monstruo.

—¿Lo has podido ver alguna vez? ¿Cómo es su rostro? ¿No sientes curiosidad?

—¡Claro que siento curiosidad! Pero él me advirtió que no podía verle y yo no quiero romper lo que tenemos entre nosotros... —La muchacha se quedó pensativa e hizo un gesto de resignación.

—Quizás tengas razón, pero una noche podrías ocultar una lámpara y observarlo a su luz cuando esté dormido.

Después de un nuevo encuentro nocturno apasionado con Eros, Psique llevó a cabo el plan que le habían aconsejado. No sabía cómo reaccionaría si el ser que descansaba a su lado era un monstruo tal como le habían profetizado. Le apartó la sábana del rostro y se encontró con un joven muy hermoso. La emoción la tiró para atrás y sin querer derramó una gota de aceite hirviente de la lámpara sobre Eros. La divinidad se despertó y, cumpliendo su amenaza, se alejó para no volver nunca más.

Psique esperó a su amado durante noches. Sin embargo, este no apareció. Resignada y apenada, abandonó el palacio y fue en su busca. Tras semanas de indagaciones infructuosas, llegó al templo de Afrodita. Esta la advirtió de que para reconciliarse con él debería someterse a una serie de pesadas tareas. El odio que sentía por la chica y su aún incomparable hermosura la llevaron a torturarla con obligaciones cada vez más vergonzosas. La última de todas fue la peor: tenía que ir al inframundo y obtener un poco de la belleza de la diosa Perséfone para Afrodita.

La joven consiguió traer en un frasco lo que se le había pedido, pero la curiosidad le volvió a jugar una mala pasada y lo abrió. Inmediatamente cayó en un sueño profundo.

Mientras tanto, Eros iba cumpliendo con los encargos que le hacía su madre sin poder olvidar a su amada Psique. El destino hizo que se la encontrara mientras estaba sumida en un largo sueño. La revivió con un apasionado beso. Ambos decidieron que lo que más deseaban era pasar el resto de sus vidas juntos. Para conseguirlo, antes tenían que resolver un problema: él, como dios, era inmortal, pero ella no, pues era humana. Eros se dirigió al Olimpo para pedir ayuda a Zeus.

—Divino rey de todos los dioses. Te ruego que me concedas un deseo.

—Dime, Eros. Intentaré complacerte como has hecho conmigo tantas veces con tus flechas amorosas.

—Tengo el poder de unir para siempre a dioses, personas e incluso animales, pero me está prohibido pasar el resto de mi vida con Psique, la más bella de las mujeres y la que quiero con todo mi corazón.

—Los humanos no pueden disfrutar de una vida eterna como nosotros, ya lo sabes.

—Por eso quiero pedirte que la hagas inmortal.

Zeus complació a Eros. No se sabe si fue porque le enterneció la historia de ambos enamorados o por los muchos servicios prestados por el dios alado en sus múltiples correrías amorosas.

Afrodita no tuvo más remedio que aceptar a Psique y soportar eternamente la competencia que suponía su belleza.

Belerofonte y la quimera

Belerofonte era el hijo de Poseidón, dios de los mares, y de Eurímede, hija de Nisos, soberano de la ciudad de Megara. Eurímede estaba casada con el humano Glauco, un hijo de Sísifo, que fue quien ejerció de verdadero padre.

Belerofonte no era su auténtico nombre, sino el sobrenombre con el que fue conocido. En un desafortunado accidente mató a su hermano Bélero, y este suceso le valió ser llamado «el asesino de Bélero», es decir, Belerofonte. A consecuencia del fratricidio, tuvo que abandonar la ciudad. Viajó hasta Tirinto, donde fue bien recibido por Preto, su monarca.

Con solo verlo, la mujer del soberano se enamoró de Belerofonte. Le pidió una cita y el muchacho no accedió por respeto a Preto. La mujer, resentida, dijo a su marido que el extranjero la había intentado seducir. Él la creyó e ideó un plan ingenioso para eliminarlo sin mancharse las manos, pues una vieja costumbre prohibía causar la muerte directa a los huéspedes. Envió a Belerofonte a la corte de su suegro, Yóbates, el rey de Licia, para que le entregara una carta sellada que decía: «Te ruego que hagas matar al portador de esta nota; ha intentado violar a mi mujer, tu hija».

Al leer la carta, Yóbates se quedó pensativo y, tras meditarlo un momento, informó a Belerofonte de que debía realizar una misión: matar a la Quimera, un monstruo que por delante semejaba un león, por detrás un dragón y con una cabeza de cabra que lanzaba llamas de fuego. Su principal diversión era devastar los rebaños de la zona y aterrorizar a la gente.

Yóbates no se había atrevido a matar al joven a sangre fría, pero no tenía ninguna duda de que no volvería vivo de su expedición. De esta manera cumplía con la voluntad de su yerno sin ensuciarse las manos.

Antes de partir, Belerofonte consultó al adivino Poliido y este le reveló que antes de comenzar su misión debía atrapar y domar a Pegaso, el caballo alado. Tras buscarlo por los lugares que solía frecuentar, lo encontró bebiendo en una fuente de Corinto. Con sigilo y tacto le puso en la cabeza la brida de oro que le había regalado la diosa Atenea para tal ocasión. El caballo se mostró dócil con su nuevo jinete.

Juntos surcaron los cielos hasta avistar a la repugnante Quimera. Cayeron en picado sobre ella mientras Belerofonte la hería con sus flechas e insertaba su lanza cargada de plomo en su mandíbula. Al intentar defenderse con violentas llamaradas de fuego, el plomo se deshizo y le abrasó las vísceras, causándole la muerte.

A pesar de su hazaña, el héroe no obtuvo ninguna recompensa de Yóbates. Lo único que recibió de él fue una nueva misión: ahora tenía que enfrentarse a los sólimos, un pueblo vecino muy belicoso con quienes estaba enemistado su reino.

Volvió a cabalgar por los aires con Pegaso. Aunque les disparaban flechas, volaban fuera de su alcance. Belerofonte les lanzó piedras enormes causando enormes estragos entre sus tropas. Al final se rindieron. El siguiente encargo consistió en doblegar a las Amazonas, que se habían puesto a favor de los sólimos y que combatían ferozmente contra el ejército de Yóbates. Belerofonte utilizó la misma estrategia que tan buenos resultados le había dado anteriormente y aplastó a sus enemigas.

Por una parte, Yóbates estaba contento porque cada vez quedaban menos enemigos de su reino, pero por la otra se desesperaba porque era incapaz de terminar con la vida de Belerofonte. Finalmente, le preparó una emboscada: un grupo de aguerridos lidios, venidos de la Asia Menor, debía asesinarlo aprovechando la oscuridad de la noche. El héroe terminó con todos ellos.

Estos sucesos acabaron convenciendo al monarca de que Belerofonte era de origen divino y de que no era culpable de la acusación que le había llegado a través de la carta. Le mostró la misiva y le pidió disculpas por el malentendido. En compensación, le ofreció la mano de su hija y, al morir, le donó el reino.

Sus heroicidades le llevaron a creer que su lugar no estaba en la tierra, sino con las divinidades. Por este motivo, montó una vez más a Pegaso para poner rumbo al Olimpo. Zeus se lo impidió con un rayo que lo precipitó a la tierra y le dio muerte.

Electra y Orestes. ¿Una venganza justa?

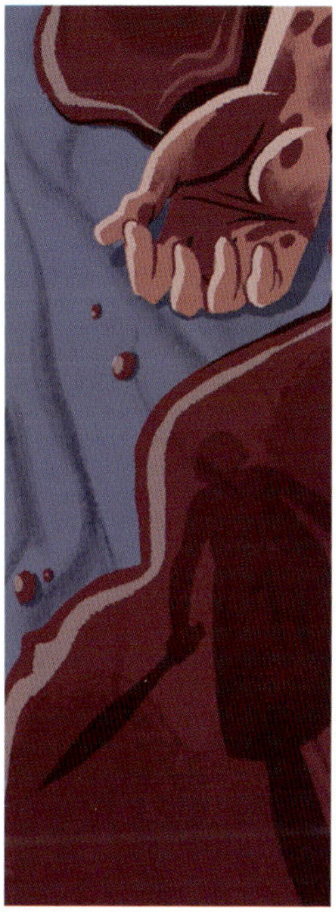

La historia de Electra y Orestes empieza con el retorno victorioso de su padre, Agamenón, de la guerra de Troya. Agamenón era el rey de la poderosa ciudad de Micenas y bajo sus órdenes combatieron el resto de reyes griegos y sus ejércitos durante diez años. El regreso a su hogar no fue el deseado, ya que su mujer, Clitemestra, tras años de espera, sucumbió a los encantos de Egisto, miembro también de la realeza micénica.

Cuando Agamenón entró en su palacio, fue recibido con amplias muestras de alegría. Los vaticinios de la adivina Casandra, que formaba parte del botín que traía el héroe de Troya, parecían equivocarse. La vidente había profetizado que si volvía a su reino moriría. Los acontecimientos posteriorcs le dieron la razón a Casandra: durante el banquete en honor de Agamenón, Egisto y veinte de sus leales hombres lo asesinaron a él y a sus compañeros a sangre fría. Clitemestra no participó directamente en la ejecución del crimen, pero no hizo nada por salvar la vida de su marido.

Electra, hija de Agamenón y de Clitemestra, escapó por poco de la muerte y fue encerrada en el palacio de Micenas. Su hermano pequeño, Orestes, consiguió huir gracias a la intervención de Electra y a la colaboración de su tutor, que se lo llevó a la ciudad de Fócide, con el rey Estrofio.

Cuando Orestes alcanzó la mayoría de edad decidió que era el momento de regresar a Micenas. Al llegar, lo primero que hizo fue acudir a la tumba de Agamenón para honrarlo. Allí fue reconocido por su hermana y juntos planearon cómo llevar a término la venganza de la muerte de su padre.

Orestes se hizo pasar por un viajero procedente de Fócide que iba a Micenas a anunciar la muerte del hijo de Clitemestra, es decir, su propia muerte, y a preguntar a dónde se debían transportar sus cenizas. El engaño funcionó y no fue reconocido ni por su propia madre. Esta creyó que con la muerte de su hijo ya no sería castigado su crimen, que los dioses la habían perdonado. Alegre y satisfecha, envió a buscar a su nuevo marido, que estaba de viaje fuera de la ciudad. Cuando Egisto entró en el palacio se encontró a solas con Orestes y se enfrentaron. Los gritos y el estruendo de las armas alertaron a la reina, que entró en la sala y observó cómo la espada de su hijo se clavaba mortalmente en el vientre de su esposo. Asustada y con los ojos llorosos, interrogó a su hijo:

—¿Qué has hecho? ¡Has matado al rey!

—Lo mismo que hicisteis vosotros hace años. Agamenón era el soberano y tú su mujer. Vuestro crimen debía ser castigado.

—¿Deseas matarme y poner fin a tu venganza? —Mientras pronunciaba estas palabras se desabrochó el vestido y le mostró un pecho. ¿Quieres clavar la espada en el seno que te amamantó? ¿Es eso lo que quieres?

Orestes se quedó pensativo por un instante, pero recobró el ánimo con el recuerdo del crimen cometido por su madre y su amante y con la espada puso fin a la vida de Clitemestra.

La venganza llevó la paz a los dos hermanos, aunque no duró mucho: uno había cometido matricidio, la otra había instigado para que se llevara a término. Las Erinias, divinidades justicieras que tenían como misión perseguir a los criminales, los acosaron. Su vida se convirtió en una tortura. El pueblo los repudió.

Huyeron de Micenas para dirigirse al santuario de Delfos, donde Apolo se apiadó de ellos y los purificó. Sin embargo, no era suficiente, todavía seguían siendo acosados por las Erinias. Para librarse, debían someterse a un juicio. Este se celebró en Atenas. El resultado fue un empate: la mitad de los jueces los declaró culpables y la otra mitad, inocentes. La diosa Atenea, la presidenta del tribunal, poseía el voto decisivo. Todos los asistentes estaban pendientes de ella. Finalmente, decidió que eran inocentes y las Erinias dejaron de torturarlos.

Narciso, o cómo enamorarse de uno mismo

Narciso era un joven de una belleza sin parangón. Sus progenitores fueron Cefiso, un dios fluvial, y la ninfa Liríope. Al nacer, sus padres quisieron saber qué le deparaba el destino a su hijo y visitaron al afamado adivino Tiresias. Este les dijo que el niño alcanzaría la vejez si no se contemplaba a sí mismo.

De bien joven ya fue objeto del deseo de multitud de doncellas, ninfas e incluso de muchachos y hombres. Su respuesta era siempre la misma: el rechazo más obstinado.

Entre sus admiradoras estaba la ninfa Eco, quien no podía hacer uso de su voz, si no era para repetir las palabras de los otros. Una mañana Narciso salió al bosque a cazar ciervos y la ninfa lo siguió de cerca. Al oír unos pasos detrás de él, preguntó:

—¿Hay alguien por aquí?

—¡Aquí! —contestó tontamente la muchacha.

—No te escondas. Acércate.

—¡Acércate!

—Ven conmigo.

—¡Conmigo!

La muchacha salió de su escondite y se abalanzó sobre Narciso. El joven la apartó bruscamente y se alejó irritado. La desesperación y la vergüenza que había pasado tras ser rechazada hicieron que Eco se retirara a un lugar solitario y que se consumiera. De ella solo quedó su voz.

Narciso partía el corazón de todas y todos los que se enamoraban de él. Era insensible a los sentimientos amorosos del resto de personas. El joven Aminias lo sufrió en su propia piel. Estaba locamente enamorado de Narciso, pero él no le correspondía. Harto de la insistencia del muchacho, Narciso le envió una espada. Aminias entendió el mensaje y se dirigió a la casa donde vivía su amado para suicidarse ahí mismo. Antes de morir imploró a los dioses que vengaran su muerte. Narciso no derramó ni una lágrima por él.

Tras estos sucesos, las divinidades del Olimpo tuvieron que tomar cartas en el asunto. Artemisa, la diosa de la caza y de la castidad, fue la responsable de actuar. Hizo que Narciso se enamorara, pero no le permitiría jamás consumar su amor. Paseando por la montaña se dispuso a beber en un arroyo. Mientras lo hacía, su imagen se reflejó bien nítida en el agua. Al instante se enamoró, sin saberlo, de sí mismo. Al principio intentó abrazar y besar la imagen que tenía enfrente, pero siempre se le escapaba. Al rato descubrió que se trataba de su propio reflejo.

Sentado ante su imagen, reflexionó sobre lo que le sucedía: por un lado siempre tendría a la persona que más deseaba, pero por el otro siempre le sería esquiva, pues no podría rodearla con sus brazos y observarla de la manera que quería. Desesperado, se suicidó.

Aunque Eco nunca perdonó a Narciso su rechazo y su falta de compasión, compartió su dolor y repitió sus últimos chillidos mientras se clavaba un puñal en el pecho:

—¡Ay! ¡Ay! —gritaba Narciso.

—¡Ay! ¡Ay! —repetía Eco haciendo honor a su nombre.

En el lugar en que su sangre tintó la hierba nació una nueva flor: el narciso.

Atalanta, una mujer de armas tomar

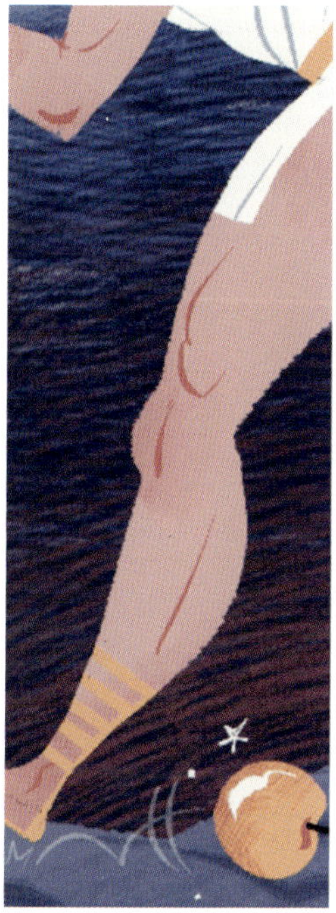

Atalanta fue una heroína hija de Yaso y de Clímene. El primero era el rey de la región de Arcadia y la segunda, una princesa de la ciudad de Orcómeno.

Su llegada a este mundo no fue muy bien recibida. Su padre solo quería hijos varones y, al ver a la niña recién nacida, mandó que fuera abandonada en el monte. Una osa la cuidó y amamantó hasta que unos cazadores la recogieron y la cuidaron. Desde bien pequeña, su carácter era más parecido al de los chicos que al de las chicas. Le gustaban las actividades propias de los muchachos: correr, cazar, pescar…

Cuando llegó a la edad adulta decidió que quería seguir el modelo de su admirada diosa Artemisa y optó por no casarse y mantenerse virgen. Se pasaba los días cazando animales en los bosques. Bien pronto dio muestras de su carácter y de sus habilidades: un día, dos centauros, criaturas con la cabeza, los brazos y el torso de un hombre y cuerpo y patas semejantes a los de un caballo, cogieron desprevenida a Atalanta y se lanzaron encima suyo para violarla. Ella cogió su arco y les disparó unas cuantas flechas con las que les dio muerte.

En otra ocasión colaboró con Meleagro en la caza del jabalí de Calidón, que sembraba el terror en el reino del padre de aquel. Eneo, que así se llamaba su progenitor, había ofrecido un sacrificio

a las divinidades por las recientes cosechas, pero se había olvidado de Artemisa. Esto despertó el rencor y el odio de la diosa, quien decidió vengarse enviando un enorme jabalí para asolar los campos de la zona. Meleagro fue el elegido para capturar a la bestia. Para esta misión seleccionó a algunos de los mejores héroes griegos: Teseo, Peleo, Cástor, Pólux… y una mujer, Atalanta.

La bestia se resistía a ser cazada y mató a algunos de sus perseguidores. Pero cuando Atalanta oyó un ruido tras unos matorrales, rápidamente preparó su arco. El animal la atacó hecho una furia y ella solo tuvo tiempo de apartarse para esquivar la embestida y dispararle una flecha en la espalda. Herido, el jabalí salió huyendo. Gracias al rastro de sangre que iba dejando por el suelo y las ramas, Meleagro pudo encontrarlo y armado con una lanza lo mató.

En agradecimiento a su valor y a sus servicios, el héroe otorgó la cabeza y la piel del jabalí a Atalanta. Algunos de los cazadores se opusieron a que recibiera tal honor, pues no aceptaban que una mujer se llevara una buena parte de los méritos. Meleagro no les hizo caso.

La admiración por la gesta realizada por Atalanta se extendió por todas partes e hizo que aumentaran todavía más sus pretendientes. Ella no escuchaba a ninguno, pues quería seguir siendo discípula de Artemisa. Pero la insistencia de algunos de sus admiradores llegó a tal punto que anunció que su esposo sería aquel que la venciera corriendo, con la condición de que si era ella la ganadora, mataría a su adversario.

Muchos muchachos murieron en el intento. Atalanta, que estaba muy segura de sus capacidades atléticas, daba un poco de ventaja a sus rivales para después avanzarlos a toda velocidad. Corría con su lanza, con la que una vez llegaba a la línea de meta esperaba a su competidor para darle muerte. A pesar de todo, los pretendientes no paraban de retar a la chica. El último en llegar fue Hipómenes. Este había recibido tres manzanas de oro de parte de la diosa Afrodita, la diosa del amor. Provenían del Jardín de las Hespérides. Con ellas esperaba vencer a Atalanta.

La prueba empezó siguiendo el mismo curso de siempre: la joven permitió que su rival se adelantara un poco, para después darle alcance; pero cuando pensaba dejarlo atrás para esperarlo al final con su lanza preparada, se dio cuenta de que había lanzado algo dorado. Atalanta se acercó para observarlo y constató que era una manzana de oro. La recogió y siguió compitiendo. Hipómenes había aprovechado para adelantarla. Ella se puso a correr tan rápido como pudo para avanzarlo, pero cuando lo tenía al lado, él volvió a hacer lo mismo. Ella se detuvo otra vez para recoger la fruta. Cuando se acercaban a la meta, él repitió el lanzamiento de su última manzana de oro y la chica no dudó en cogerla. Él aprovechó la ocasión para acelerar tanto como pudo y ganar la carrera.

Atalanta tuvo que cumplir su palabra y acabó casándose con Hipómenes. Como el muchacho era muy apuesto, incluso algunos espectadores de la carrera dijeron que la chica se había dejado ganar expresamente. Lo que es cierto es que la pasión entre ambos fue muy intensa, hasta el punto de que en una cacería entraron en un templo dedicado a Zeus para hacer el amor, lo cual era un sacrilegio. Como castigo, el rey de los dioses los convirtió en leones, lo que conllevaba que nunca más podrían tener relaciones sexuales, pues los griegos creían que los leones no se apareaban entre ellos, sino con leopardos.

Aracne, o cuando el orgullo es un mal consejero

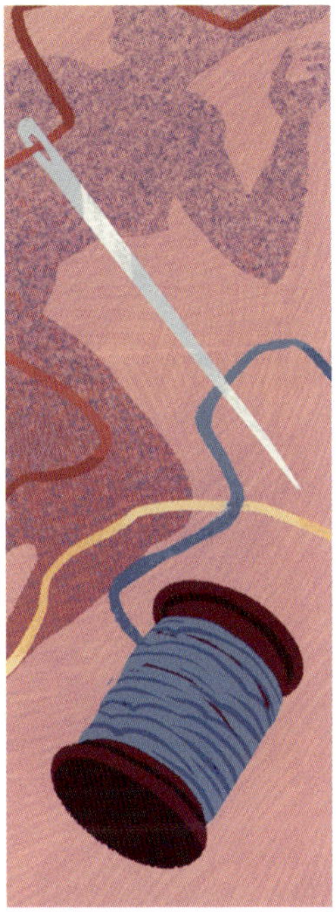

Aracne era una doncella de la región de Lidia, de familia humilde, hija de un tintorero llamado Idmón. Tenía un talento excepcional para tejer y bordar. Muchas personas se acercaban a su taller para admirar los dibujos de sus tapices. Parecían tener vida propia. Su fama se fue extendiendo por toda Grecia y acabó llegando a oídos de la diosa Atenea, quien entre otros méritos tenía el de ser una consumada tejedora.

Eran tantos los halagos que recibía Aracne, que su arrogancia le jugó una mala pasada y la llevó a decir en público que su habilidad superaba a la de la mismísima Atenea. La diosa se transformó en una anciana y fue a ver a la muchacha con la intención de convencerla de que la humildad es siempre una buena consejera.

—Hola, Aracne. ¿Le dejarías ver a esta vieja algunos de tus tapices? He oído decir que son muy bellos. Dignos de la mejor de las discípulas de Atenea.

—Mira este. Es el último que estoy tejiendo. Seguro que no has visto nunca ninguno igual. —La llevó ante un tapiz que estaba situado al fondo del taller.

—Es más precioso de lo que me imaginaba. Los halagos que se escuchan sobre tu talento no te hacen justicia.

—¡Ni la mismísima Atenea se me puede comparar! —El orgullo de la joven apareció una vez más.

—¡No digas eso! Ella es una divinidad y tú una simple mortal —replicó Atenea para bajarle un poco los humos a la chica.

—¡Por muy diosa que sea, no teje ni borda como yo! No hay tapices como los míos, ni en la Tierra ni en el Olimpo.

—Eres una humana y la modestia debería guiar tus palabras. ¿Te atreves a retar a Atenea?

—Y a quien sea.

—¡Pues vamos a ver quién es la mejor! —Mientras decía estas palabras, la diosa recobró su forma divina.

Sentadas una al lado de la otra empezaron a tejer. La hija de Zeus representó en el centro del tapiz una escena en que aparecían los dioses del Olimpo en todo su esplendor, mientras que en los laterales se narraban cuatro episodios en que los mortales eran derrotados al pretender desafiar a los dioses.

Aracne plasmó algunos engaños e infidelidades que habían cometido los dioses y que no beneficiaban su buen nombre: los amores de Zeus con Dánae y con Europa, el rapto de Perséfone llevado a cabo por Hades…

El tapiz de Aracne era técnicamente perfecto: sus colores eran idénticos a los que se podían apreciar en la naturaleza y las figuras representadas parecían tener vida propia. Sin embargo, el tema elegido era una ofensa a los dioses y Atenea no pudo contenerse: rasgó el tapiz con un cuchillo y golpeó a su rival en la cabeza con la lanzadera.

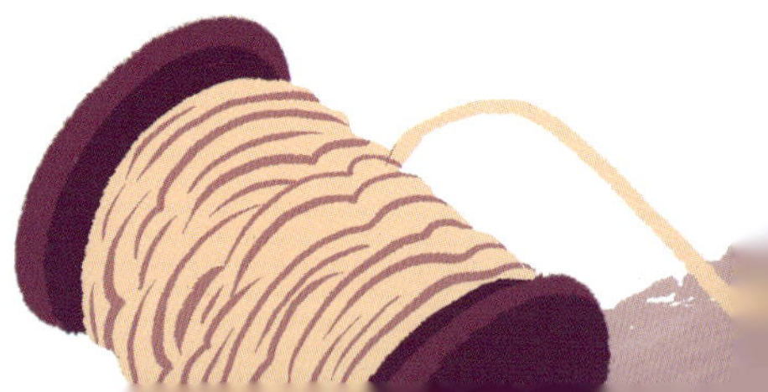

Víctima de un ataque de desesperación, la muchacha intentó ahorcarse. Atenea sintió lástima por ella y no la dejó morir, pero como no podía pasar por alto su insolencia, decidió convertirla en una araña y condenarla a tejer sin parar por los siglos de los siglos.

Aracne se convirtió en la primera araña y de ella proviene el término *arácnido* con el cual nos referimos a este tipo de animales.

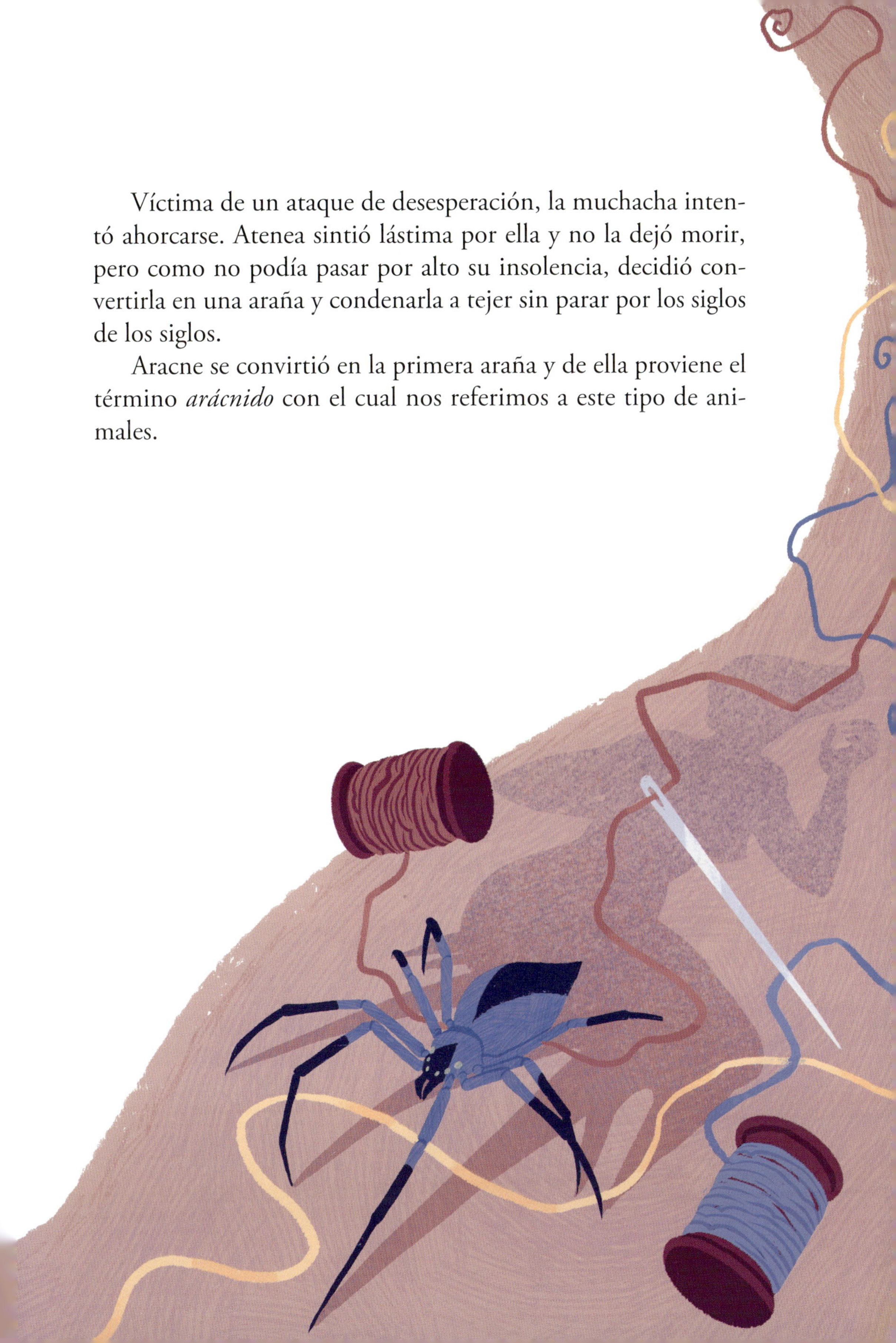

Pigmalión, o cómo encontrar a la mujer de tus sueños

Pigmalión era el rey de Chipre y un excelente escultor. Su relación con las mujeres nunca había sido demasiado buena y se sentía frustrado por no encontrar a una a quien amar y que lo amara profundamente. Las que conocía las encontraba frívolas e interesadas. Por todo ello, había renunciado a casarse.

Su soltería tampoco le hacía feliz. La cuestión era que buscaba una mujer, pero no la encontraba. Con esta preocupación y con el deseo de plasmar a la mujer de sus sueños, esculpió una figura femenina a partir de un bloque de marfil. Le dedicó muchas horas y cuidó hasta el más mínimo detalle. El resultado fue espectacular: parecía que tuviera vida propia.

Era tan bella la estatua, que se enamoró de ella y le puso nombre, Galatea. Le hablaba, la vestía con ropas lujosas, la adornaba con joyas e incluso le hacía regalos. Sin embargo, seguía sin tener vida. Un día, en una fiesta, se le presentó la oportunidad de pedir a la diosa Afrodita hacer realidad sus sueños:

—Venerada diosa del amor, te ruego que hagas realidad lo que más deseo.

—¿Y qué es lo que más deseas? —Afrodita estaba sorprendida por el atrevimiento de su interlocutor.

—Busco el amor, y quién mejor que tú para pedirle que no me sea esquivo.

—¿Has pensado en alguien en concreto?

—Sí, bueno...

—¿No te atreves a decirme su nombre?

—Es que no es... una mujer. He esculpido una estatua femenina y lo que más deseo en el mundo es encontrar una mujer igual que la reflejada en mi escultura.

Conmovida por los sentimientos de Pigmalión y la fuerza de su pasión, Afrodita le prometió que haría realidad su deseo. El rey se lo agradeció de todas las maneras posibles y se fue corriendo a su palacio.

Cuando entró en la sala donde se encontraba su amada Galatea, todo estaba como siempre. Se acercó a ella y le dio impulsivamente un beso en la boca. Al instante, el marfil empezó a vibrar y a cobrar vida hasta convertirse en una mujer de carne y hueso. Se abrazaron y con el tiempo se casaron y tuvieron una hija y un hijo.

Apéndice

APÉNDICE

En el principio era el mito

Los seres humanos desde los inicios de nuestra existencia nos hemos preguntado cuestiones que nos inquietaban, que nos causaban desasosiego. ¿Qué hay después de la muerte? ¿Por qué existimos los humanos? ¿Por qué nos enamoramos o nos sentimos fuertemente atraídos por otra persona? ¿Qué hace que las plantas y los árboles florezcan en una estación concreta del año y no en otra?

Estas y otras preguntas son respondidas inicialmente por los mitos. Son respuestas que se basan en seres sobrenaturales, como los dioses, y que tienen originariamente un marcado carácter sagrado, religioso. Son fruto de la fe y no de la razón, por lo que son aceptados sin cuestionárselos, como mínimo en sus orígenes. Con el tiempo, estas explicaciones dejarán paso a otras de tipo racional, es decir, a la filosofía y a la ciencia. No olvidemos que la tradición afirma que la filosofía se originó en el siglo VI a. C. en Mileto, una ciudad griega perteneciente a la región de Jonia, en Asia Menor. Con el paso de más de un siglo, un filósofo de la talla de Platón aún seguirá utilizando con frecuencia los mitos para transmitir sus ideas. Su esperanza era que de esta manera sus lectores entenderían mejor sus elaborados pensamientos.

La mitología helena, que, con algunos cambios, también será la latina, se acabará convirtiendo en la mitología que denominamos como clásica, pues ha sido y es uno de los pilares de la cultura occidental. Las conquistas de Alejandro Magno y la expansión del Imperio romano facilitaron que la cultura griega se extendiera mucho más allá de las ciudades griegas que la originaron.

La mitología clásica se origina con las obras de dos autores helenos, Homero y Hesíodo. Al primero se le reconocen dos libros: la *Ilíada* y la *Odisea.* En la *Ilíada* se cuenta el asedio de la ciudad de Troya por parte de los ejércitos griegos para rescatar a Helena, la esposa de Menelao, rey de Esparta. En la *Odisea* se narra el regreso de uno de los héroes griegos, Ulises, a su tierra natal, Ítaca. El viaje durará diez años y estará plagado de aventuras. Tanto una obra como la otra son poemas épicos y están elaborados en verso para ser recitados oralmente por los rapsodas. Se cree que ambas datan del siglo VIII a. C.

¿Quién fue Homero?

Esta pregunta tiene difícil respuesta, ya que incluso algunos estudiosos cuestionan su existencia y consideran que los poemas son una recopilación de varios textos de diferentes autores, lo que explicaría algunas inconsistencias en la narrativa y en algunas fórmulas lingüísticas utilizadas. En el caso de existir el personaje conocido como Homero, su ciudad natal debió de ser Quíos o Esmirna, la primera una isla del mar Egeo y la segunda en la costa Egea, la actual Turquía.

Lo que sí sabemos es que los poemas fueron recopilados, organizados y editados por encargo del tirano ateniense Pisístrato en el siglo VI a. C., y que las primeras ediciones impresas de las obras homéricas fueron realizadas por Calcocondilas de Atenas en Florencia en el siglo XV d. C.

Los textos homéricos formaron parte de la educación griega y conformaron el modelo de cómo debían actuar y comportarse los ciudadanos helenos. Por otro lado, inspiraron a la cerámica, la escultura y la pintura griegas y romanas. El teatro de ambas culturas bebió en sus fuentes, e incluso la filosofía clásica se refirió en múltiples ocasiones a situaciones y personajes homéricos. Con el paso de los siglos sus textos todavía siguen siendo referentes literarios y culturales.

Hesíodo y otros autores

El otro gran autor de la mitología clásica es Hesíodo. En su caso sí que se ha podido demostrar que existió realmente y se sabe que nació en Ascra, una pequeña aldea de la región de Beocia. Se le atribuyen dos obras completas: la *Teogonía* y *Los trabajos y los días.* También escritas en el siglo VIII a. C. La *Teogonía* explica los orígenes de los titanes y de los dioses olímpicos y el enfrentamientos de unos contra otros, lo que es conocido como la Titanomaquia. *Los trabajos y los días* ofrece una serie de consejos para la vida agrícola acompañados de instrucciones morales. En esta obra se narra el famoso mito de Pandora y se exponen las cinco edades de la humanidad: la Edad de Oro, la edad de Plata, la Edad de Bronce, la Edad de los Héroes y la Edad de Hierro.

Aunque Homero y Hesíodo conforman el punto de partida de la mitología clásica, no se podría entender esta sin las aportaciones de otros autores posteriores, tanto griegos como latinos. En sus poemas quedan muchos huecos que se van rellenando con el paso de los años. ¿Qué sucede en los primeros nueve años de la guerra de Troya? ¿Qué les depara la vida a Ulises y a Penélope tras el regreso del héroe a Ítaca? ¿Alguien vengará la muerte de Agamenón a manos del amante de su esposa? ¿Menelao seguirá con Helena, ahora que Paris ha pagado por haberla raptado? Estas y otras muchas preguntas serán respondidas por la tradición de los siguientes siglos.

En este sentido es destacable la aportación de los grandes dramaturgos helenos, Esquilo, Sófocles y Eurípides, quienes escribieron sus obras entre finales del siglo VI y el V a. C. Sus tragedias se representaban ante el pueblo y en muchas ocasiones trataban de temas relacionados con la mitología, como demuestran los títulos de algunas de sus obras: *Agamenón,* de Esquilo; *Antígona, Edipo rey* y *Electra,* de Sófocles, y *Heracles, Electra* y *Helena,* de Esquilo.

Incluso algunos autores hicieron chanza a partir de las vivencias de dioses y héroes. Aristófanes, un autor cómico un poco posterior a los tres dramaturgos citados, escribió una comedia titulada *Las ranas,* en que el dios Dionisio visitaba el Hades para actuar como juez en un concurso de poesía entre Esquilo y Eurípides. En el siglo II d. C., un escritor satírico como Luciano de Samósata seguirá, de alguna manera, la corriente iniciada por Aristófanes con su *Diálogo de los dioses,* en que se hace una burla de la concepción homérica de las divinidades griegas.

En el siglo II a. C., Apolonio de Rodas escribió un poema épico que llevará por nombre *Argonáuticas,* en que se relata el viaje emprendido por Jasón y sus compañeros, los más notables héroes de la época, a la búsqueda del vellocino de oro.

Durante el siglo I a. C., Diodoro de Sicilia escribió su *Bibliotheca Historica,* en que trataba la historia del mundo conocido y prestaba especial atención a la guerra de Troya desde una concepción subjetiva y cercana a los intereses helenos.

En la misma centuria que Diodoro de Sicilia, el poeta Virgilio escribió la *Eneida,* un poema épico que entroncará la cultura griega con la latina. Fue un encargo del emperador Octavio César Augusto que pretendía glorificar el incipiente imperio romano atribuyéndole un origen mítico. Tomando como modelo la obra homérica y entroncando con el fin de la guerra de Troya y la destrucción de esta ciudad, un héroe, Eneas, huirá de la masacre provocada por los griegos para asentarse en la región de Lacio, en la actual Italia. Posteriormente se considerará que el mítico fundador de Roma, Rómulo, fue descendiente de Eneas. De esta manera, un estrecho vínculo unía Roma con Grecia.

También en los inicios del Imperio romano apareció una obra capital en la mitología clásica, *Las metamorfosis.* Su autor, Ovidio, fue un poeta que escribió entre los siglos I a. C. y I d. C. En este poema se narran una gran cantidad de transformaciones, que van desde los orígenes del universo hasta la conversión en estrella del alma de Julio César. Los dioses, las personas, los animales e incluso los objetos inertes se metamorfosean para alcanzar distintos objetivos. Algunas de las transformaciones más conocidas que aparecen en *Las metamorfosis* son las de Dafne, la de la estatua de Pigmalión, la de Europa o la de Aracne.

Con las diferentes aportaciones de estos autores, y de otros, la literatura empezó a ofrecer diversas, e incluso contradictorias, versiones de unos mismos hechos, lo que complicó poder brindar un relato uniforme de los sucesos mitológicos. Era tal la dispersión de las distintas versiones de los mitos clásicos, que en el siglo I o II d. C. un autor anónimo —aunque durante años se pensó que era Apolodoro de Atenas— escribió un compendio conocido como *Biblioteca mitológica,* donde intentaba conciliar las distintas interpretaciones que podían encontrarse en su época. Está claro que no lo consiguió, y en la actualidad pueden leerse versiones de lo más dispares de gran parte de los mitos clásicos.

¿Qué hay de verdad en los mitos?

Una pregunta que se hacen muchos lectores de los mitos clásicos es si realmente ocurrió algo parecido a lo que se narra en ellos. Sin lugar a dudas, el acontecimiento que suscita más intriga es la guerra de Troya, pues alrededor de esta girará gran parte de la mitología griega y parte de la romana.

En 1864, un millonario alemán aficionado a la arqueología se obsesionó tanto con la *Ilíada* de Homero que se propuso encontrar la ciudad perdida de Troya. Comenzó a excavar en la colina de Hisarlik, en la actual Turquía, y en lugar de encontrar un único asentamiento halló nueve ciudades, enterradas una sobre la otra. La conocida como Troya VII-a data del siglo XIII a. C. y sugiere un conflicto relevante. La mayoría de los expertos actuales consideran que es muy plausible que en aquella centuria hubiera habido un combate militar en la zona de Troya que inspirara la *Ilíada,* pero no hay consenso sobre los detalles concretos. De lo que no hay duda es que sí aconteció algo parecido a lo que se narra en la obra de Homero; este dramatizó los hechos y los personajes hasta convertirlos en parte del imaginario popular.

Y ¿qué se sabe de Ítaca y del palacio que durante tanto tiempo dio cobijo a Penélope y a sus insistentes pretendientes? Pues que la isla existe, que disfruta de aguas cristalinas, que es uno de los destinos preferidos de los navegantes de vela y que tiene un relieve de lo más accidentado. En otras palabras, que para el veraneo es un lugar excelente, pero para vivir quizás no tanto. Por eso Ulises debió partir hacia Troya y se demoró tanto en volver. En la actualidad, aproximadamente solo cuatro mil habitantes disfrutan de su residencia anual en la isla. Y una vez más los esfuerzos de los arqueólogos han dado con lo que buscaban: en este caso la estructura del supuesto palacio de Ulises, con tres plantas y de la época micénica.

La arqueología también ha dedicado sus esfuerzos a encontrar los restos del célebre laberinto del Minotauro, localizado según los textos clásicos en Creta. Desde inicios del siglo XX se creyó que el laberinto de la leyenda se había inspirado en el palacio de Cnosos, un edificio con múltiples habitaciones y muy sofisticado para la época. En 2024 salió a la luz el descubrimiento de una estructura monumental circular única en la arqueología minoica. Tiene una extensión de 1800 metros cuadrados y fue utilizada principalmente ente los años 2000 y 1700 a. C. Todos los indicios van encaminados a suponer que es realmente esta construcción la que desencadenó la idea del temible laberinto. Como en el caso de los restos arqueológicos de la guerra de Troya, sobre el laberinto del Minotauro no hay certeza absoluta, pero las investigaciones continúan.

Sobre lo que no hay ninguna duda es sobre el paradero del Olimpo, la morada de Zeus y del resto de dioses olímpicos. Los griegos lo situaron en la montaña más alta de Grecia, el monte Olimpo, que alcanza una altura de 2917 metros sobre el mar y que forma parte de una cadena montañosa situada entre Macedonia y Tesalia. La ascensión al Olimpo es toda una experiencia, pero en la cima, que se sepa, no hay ningún dios esperándonos.

¿Qué queda de la mitología clásica en la actualidad?

La mitología clásica ha influenciado nuestra sociedad hasta nuestros días. Y lo más seguro es que no deje de hacerlo. Nuestra cultura está llena de ejemplos: uno de los grandes psicólogos de todos los tiempos, Freud, se inspiró en el mito de Edipo para dar nombre a un complejo que en nuestros días todos conocemos como el complejo de Edipo. ¿Quién no ha leído el poema *Ítaca* del poeta griego Kavafis o escuchado su versión musicada por el cantautor Lluís Llach? ¿Quién no ha visto la película *Troya,* de Wolfgang Petersen, con Brad Pitt en el papel de Aquiles?

Algunas de las películas más taquilleras y de las series con mayores audiencias no ocultan que los mitos griegos y romanos son sus referentes. Expondremos dos casos conocidos por todos: la autora de Harry Potter no tuvo que devanarse demasiado los sesos para crear bestias inmundas, pues ya tenía un arsenal con solo leer los clásicos, y *Juego de Tronos* tomó prestadas algunas tramas y figuras de la tradición helena: el rapto de una mujer, Lyanna Stark, será la excusa idónea para provocar una guerra y el héroe épico se encarnará en un personaje clave de la serie, Jon Snow.

Nuestro vocabulario cotidiano también refleja en muchos de los términos que utilizamos diariamente su inspiración en los grandes personajes mitológicos. Recordemos unos cuantos: no hay nadie más *narcisista* que el propio Narciso; cuando las expectativas de una persona influyen en el rendimiento de otra, hablamos del *efecto Pigmalión;* de una persona muy musculosa decimos que tiene un cuerpo *hercúleo,* como el de Hércules; cuando hemos conseguido un objetivo tras mucho esfuerzo y superando situaciones muy adversas, hablamos de una *odisea,* como la de Ulises, que en griego era conocido como Odiseo, y, por muy buenos que seamos en algo, todos tenemos nuestro *talón de Aquiles.*

Y para terminar, unos versos, algo retocados, del poema *Ítaca* del poeta Kavafis servirán para dar un consejo a aquellos que quieran adentrarse en la lectura de los mitos clásicos:

> Pide que el camino sea largo.
> Que muchas sean las mañanas y las tardes
> en que llegues, ¡con qué placer y alegría!,
> a lecturas nunca realizadas antes.